I0553231

Vereinte Herzen zu Weihnachten

Rebecca Lange

Published by Rebecca Lange Books, 2022.

This is a work of fiction. Similarities to real people, places, or events are entirely coincidental.

VEREINTE HERZEN ZU WEIHNACHTEN

First edition. November 7, 2022.

ISBN: 978-1957089461

Written by Rebecca Lange.

Inhaltsverzeichnis

Für meinen Ehemann Nick und meine Jungs, Josh und Nathan...

... Ohne eure Geduld und Hilfe im Haushalt hätte ich dieses Buch nicht schreiben können.

Kapitel 1

„Papa, warum kannst du nicht verstehen, dass ich für Lord Kenworthy keinerlei Zuneigung hege? Ich wünsche es nicht, ihn zu heiraten. Ich liebe ihn nicht."

„Charlotte, du bist jetzt zwanzig Jahre alt und hast dir immer noch keinen Ehemann gesichert und das, obwohl du bereits an zwei Saisons teilgenommen hast. Lord Kenworthy hat um deine Hand angehalten und er ist ein angesehener Mann."

„Er ist über zwanzig Jahre älter als ich und könnte mein Vater sein. Er mag vielleicht kein Lebemann sein, aber ich würde ihn auch nicht als ehrbar bezeichnen."

„Er ist der Sohn eines Herzogs."

„Vergib mir, Papa, aber das bedeutet nicht, dass er achtbar ist."

„Ich werde es nicht zulassen, dass du jemanden heiratest, der unter uns steht. William Kenworthy ist der Sohn eines Herzogs und du bist die Tochter von einem. Einer Verbindung zwischen euch kann ich guten Gewissens zustimmen."

„Und was ist mit Mama? Sie ist die Tochter eines Grafen. Du hast jemanden geheiratet, der gesellschaftlich unter dir steht. Warum darf ich nicht selbst entscheiden, wer gut und richtig für mich ist? Warum ist der Rank eines Mannes wichtiger als sein Charakter?"

„Ein Mann ohne Adelstitel und Vermögen ist meistens nur darauf aus, sich beides durch eine Heirat zu beschaffen. Das werde ich nicht zulassen. In deine Mutter habe ich mich damals verliebt. Der Titel ihres Vaters war zweitrangig. Sie war auch nicht darauf aus, ihre Stellung in der Gesellschaft zu erhöhen."

„Woher willst du wissen, dass Landgraf Kenworthy nicht hinter deinem Adelstitel und Anwesen her ist? Warum hat er noch nicht den Adelstitel seines Vaters übernommen? Hast du ihn gefragt, wie seine Familienverhältnisse sind? Warum ist ein Mann seiner Stellung und seines Alters noch nicht verheiratet?"

„Es geht uns überhaupt nichts an, warum er bisher noch nicht den Bund der Ehe eingegangen ist. Vielleicht hatte er, bis er dich traf, einfach noch nicht die Richtige gefunden."

„Ich bin auch nicht die Richtige!" Charlotte verlor langsam die Geduld und blickte ihren Vater böse an. Ihre Augen funkelten gefährlich.

„Warum erlaubst du mir nicht, das gleiche Glück zu finden, das du und Mama habt? Den Bund der Ehe einzugehen, ist ein großer Schritt. Es sollte nicht nur geheiratet werden, um sich einen Ehemann und ein komfortables Heim zu sichern. Ich wünsche aus Liebe zu heiraten. Du hast weder Charles noch Louisa in eine Ehe gezwungen. Warum mich?"

„Dein Bruder und deine Schwester haben sich mir nie widersetzt. Charles hat eine angesehene Adelige zur Frau genommen und Louisa hat den Mann akzeptiert, den ich für sie bestimmt habe. Ich möchte darüber nicht weiter diskutieren. Seit wir dich in die Gesellschaft eingeführt haben, hattest du die Möglichkeit, jemanden zu finden. Aber egal, wer auch Interesse signalisierte, du hast jeden abgelehnt."

„Sich zu verlieben, braucht Zeit. Nicht jeder hat so glückliche Umstände wie du, als du Mama kennengelernt hast."

VEREINTE HERZEN ZU WEIHNACHTEN

„Landgraf Kenworthy hat mich um deine Hand gebeten und ich werde ihn nicht beleidigen. Er war der einzige Freier, der nicht aufgegeben hat, dich zu umwerben, obwohl du ihn mehr als einmal zurückgewiesen hast."

„Du willst also, dass ich für den Rest meines Lebens unglücklich bin? Ich interessiere mich nicht für ihn und habe auch keine romantischen Gefühle für ihn." Die junge Frau blickte ihren Vater fest an. Sie hatte seine Eigensinnigkeit und Dickköpfigkeit geerbt. Er spürte, wie sich Gereiztheit in ihm ausbreitete und dennoch konnte er seine Tochter irgendwie verstehen.

„Ich möchte nicht, dass du unglücklich wirst, Charlotte, aber ich bin der Meinung, dass du gar nicht weißt, was du willst."

„Also versteigerst du mich wie ein Tier?" Charlotte wusste, dass sie mit ihrem letzten Kommentar zu weit gegangen war. Der Gesichtsausdruck ihres Vaters verfinsterte sich, aber sie wollte, dass er verstand, wie sein Verhalten sie fühlen ließ.

„Wie ich darüber denke und fühle, scheint dir egal zu sein. Du versuchst mich mit jemandem zu verheiraten, nur weil er einen Adelstitel und hohen Rank hat. Ich weiß genau, was ich will. Ich möchte das haben, was ich bei dir und Mama sehe und wünsche mir, dass mich mein Ehemann genauso ansieht, wie du Mama anschaust."

Sie holte tief Luft. „Ich möchte geliebt, geschätzt und beschützt werden. Ich wünsche mir unerschütterliche Zuneigung und eine Leidenschaft, die es schmerzhaft macht, von der anderen Person getrennt zu sein. Mit Landgraf Kenworthy kann ich niemals glücklich werden. Bitte erlaube mir, das zu suchen, wonach ich mich sehne."

Ernst Woodridge blickte seiner Tochter in ihre blauen Augen. Er konnte zurückgehaltene Tränen sehen. Er lehnte sich in seinem Stuhl zurück und überlegte.

Ernst wollte seiner Tochter nicht wehtun, aber er wollte auch keine Probleme mit dem Landgrafen bekommen. Er hatte Kenworthys Antrag, seine Tochter zu heiraten, bereits zugestimmt und konnte es doch jetzt schlecht wieder zurücknehmen.

„Ich habe seinen Antrag bereits angenommen."

„Das sagtest du schon. Vergiss nicht, dass du ein Herzog bist und einen Rank über ihm stehst. Sollte das nicht in deiner Gunst sein? Du wirst doch deine Einwilligung jederzeit rückgängig machen können."

Ernst Woodridge fuhr sich mit der Hand durch sein dunkelbraunes Haar, ein Zeichen, dass Charlotte ihn in die Enge getrieben hatte. Er starrte sie an, während er in Gedanken die nächsten Schritte abwog.

Charlotte wich seinem Blick nicht aus. Ihr Mund verzog sich zu einem Schmollen und Ernst seufzte. Als die jüngste seiner Kinder sah sie ihrer Mutter unheimlich ähnlich, hatte aber nicht das liebliche Temperament geerbt. Seine zwei älteren Kinder hatten die gleichen dunkelbraunen Haare wie er, aber die grünen Augen ihrer Mutter. Charlotte dagegen hatte seine stechend blauen Augen geerbt.

Ernst räusperte sich. „Ich gebe dir bis zum Ende des Monats, deinen Herzenswunsch zu erfüllen und einen Antrag anzunehmen. Wenn du in der Zeit nicht finden kannst, wonach du suchst, werde ich deine Verlobung mit Landgraf Kenworthy bekannt geben."

VEREINTE HERZEN ZU WEIHNACHTEN

„Das kannst du nicht ernst meinen, Vater! Einen Monat? Wie soll ich in solch kurzer Zeit meine wahre Liebe finden? Der Monat Dezember hat bereits angefangen."

„Das ist mein Kompromiss, Charlotte. Ich habe Landgraf Kenworthys Bitte, dich heiraten zu dürfen, zugestimmt und es wird nicht einfach sein, ihn zu beschwichtigen. Du wirst bereits morgen zu deinen Großeltern reisen und Herr Martin und Eliza werden dich begleiten. Ich werde aus Sicherheitsgründen auch zwei unserer Lakaien mit der Kutsche mitschicken, damit du gesund und wohlbehalten in Monmouthshire ankommen wirst."

„Du schickst mich fort? Warum kann ich nicht hier in Bath bleiben oder wenigstens nach London reisen? Dort habe ich eine bessere Chance, einen Ehemann zu finden." Charlotte kniff ihre Lippen zusammen und runzelte die Stirn.

„Du hattest bereits zwei Saisons in London und hast trotzdem niemanden gefunden, der dir zusagt. Vielleicht ist es ganz gut für dich, aus der Stadt herauszukommen und dich auf dem Land etwas zu besinnen."

„Papa ..." Charlotte machte einen weiteren Versuch, sich zu äußern, aber ihr Vater winkte ab.

„Es reicht jetzt, Charlotte. Ich bin bisher mehr als geduldig mit dir gewesen. Deine Großeltern werden sich freuen, dich für ein paar Wochen alleine bei sich zu haben. Deine Mutter und ich werden dann zu Weihnachten dazu kommen."

„Und was ist mit meinem Bruder und meiner Schwester?"

„Sie werden beide das Weihnachtsfest in London verbringen und die Feiertage bei ihren Schwiegereltern sein."

„Lady Charlotte, bedrückt Euch etwas? Ihr seid nicht glücklich, ich fühle es. Ich dachte, Ihr würdet Euch freuen, Eure Großeltern wieder einmal besuchen zu können." Charlotte konnte die besorgten Blicke ihrer Kammerzofe auf ihrem Gesicht spüren. In den Augen der Dienerin spiegelten sich Sorge und Beunruhigung wider.

„Es geht mir gut, Eliza. Natürlich freue ich mich darauf, meine Großeltern wiederzusehen. Der letzte Besuch ist schon viel zu lange her. Ich sehne mich auch danach, Monmouthshire etwas mehr zu erkunden, aber im Augenblick muss ich über vieles grübeln und nachdenken."

„Möchtet Ihr darüber reden?"

Charlotte blickte ihrer Zofe und Freundin direkt in die Augen. Wenn es jemanden gab, der ihre Probleme und Schwierigkeiten verstand, so war es Eliza. Die junge Frau ließ einen langen Seufzer erklingen.

„Papa hat sich in den Kopf gesetzt, mich zu verheiraten. Landgraf Kenworthy hat bereits um meine Hand angehalten."

Eliza musste schwer schlucken. „Er ist alt genug, um Euer Vater zu sein."

„Das ist er in der Tat, aber der Altersunterschied scheint für meinen Vater kein Problem zu sein. Ich konnte ihn überreden, mir noch etwas Zeit zu geben, aber Papas Bedingung ist, dass ich jemanden bis zum Ende des Monats finde und einen Antrag annehme."

Eliza stockte der Atem. Sie konnte es nicht glauben. Landgraf Kenworthy verdiente Lady Charlotte nicht. Sie war eine hübsche junge Dame, so voller Leben und Begeisterung und mit einem großen Herzen. Ihre gelockten blonden Haare umrahmten ihr

VEREINTE HERZEN ZU WEIHNACHTEN

Gesicht wie das eines Engels und ihre blauen Augen waren so hell und klar wie das Wasser eines Bergsees.

„Ist das der Grund, warum Euer Vater Euch wegschickt?"

Charlotte nickte. „Wahrscheinlich möchte er damit erreichen, dass ich niemanden finde. Somit wäre er fein raus und könnte das Versprechen, das er Landgraf Kenworthy gegeben hat, einhalten." Die junge Frau seufzte wieder. „Eliza, kannst du mir sagen, wie ich es schaffen soll, in so kurzer Zeit den Mann meiner Träume zu finden und mich auch noch in ihn zu verlieben?"

„Großmama, Großvater." Charlotte umarmte das ältere Ehepaar liebevoll, nachdem Herr Martin, der Diener ihres Vaters, ihr geholfen hatte, aus der Kutsche zu steigen.

„Ich freue mich, euch wiederzusehen. Es ist schon viel zu lange her und ich bin dankbar, ein paar Wochen mit euch verbringen zu können." Ihre Augen leuchteten und Gräfin Henriette Blackwood küsste ihrer Enkelin auf die Wange, bevor sie die junge Frau in ihre Arme schloss.

„Charlotte, du siehst einfach bezaubernd aus. Wie kann es sein, dass ein bildschönes Mädchen wie du noch keinen Ehemann gefunden hat? Da kann doch etwas nicht mit rechten Dingen zugehen."

Charlotte verdrehte die Augen und ihre Großmutter schmunzelte. „Wahrscheinlich möchte Papa deswegen, dass ich Landgraf Kenworthy heirate."

„Oh, wie wundervoll. Ich wusste gar nicht, dass du einen Verehrer hast. Ist er gut aussehend und kommt aus gutem Hause?"

„Er ist mehr als doppelt so alt wie ich. Papa denkt, nur weil er der Sohn eines Herzogs ist und mich nun schon seit fast zwei Jahren umworben hat, er der perfekte Ehemann für mich wäre."

Henriette glaubte ihren Ohren nicht zu trauen. „Er ist alt genug, um dein Vater zu sein? Das kann Ernst doch unmöglich recht sein. Vielleicht hast du alles nur missverstanden und der Landgraf hat eingesehen, dass du einfach zu jung für ihn bist."

„Landgraf Kenworthy hat bereits um meine Hand angehalten." Charlotte schmollte. Die Gräfin schüttelte nur ihren Kopf. Bevor sie noch etwas sagen konnte, meldete sich Graf Blackwood zu Wort.

„Henriette, wir sollten uns hier nicht einmischen. Ernst möchte nur das Beste für seine Kinder und wird schon wissen, was er tut."

Die alte Dame nickte, auch wenn sie mit ihrem Schwiegersohn in dieser Sache überhaupt nicht übereinstimmte.

„Lass uns ins Haus gehen, Charlotte. Du musst dich ja erst einmal wieder bei uns einleben und morgen Abend haben wir ein paar Freunde zum Abendessen zu uns eingeladen."

„Danke, Großmama, aber ich möchte mir erst einmal die Beine vertreten. Ich habe den ganzen Tag in der Kutsche gesessen und ein kleiner Spaziergang wird mir guttun."

„Es wird jetzt aber bald dunkel werden, mein Kind. Wirst du dich auch zurechtfinden?"

„Gewiss, Großmama. Ich liebe euer Anwesen, eure Gartenanlagen und den Park."

„Wie du wünschst, Liebes, aber vielleicht solltest du für deinen Schutz wenigstens Herrn Martin mit dir nehmen."

„Das ist wirklich nicht nötig. Herr Martin, bitte bemühen Sie sich nicht. Die lange Reise war anstrengend und ich kann Ihnen ansehen, wie erschöpft Sie sind. Gestatten Sie sich jetzt etwas Ruhe. Ich werde bald zurück sein."

„Lady Charlotte", äußerte sich nun auch Eliza und Charlotte konnte in den Augen ihrer Zofe Sorge und sogar Furcht erkennen. „Wenn Ihr Herrn Martin nicht mitnehmen möchtet, solltet Ihr wenigstens erwägen zu reiten."

Charlotte musste ein Lächeln unterdrücken. Offenbar lag es ihrer Dienerin quer im Magen, sie alleine in der Natur zu wissen.

„Du weißt, wie gerne ich reite, Eliza, aber heute muss ich unbedingt meine Beine bewegen. Ich verspreche vorsichtig zu sein und nicht zu lange wegzubleiben." Charlotte lächelte allen zu, drückte die Hand ihrer Zofe und entfernte sich so schnell wie möglich, bevor sie noch jemand zurückrufen konnte.

Charlotte atmete tief ein. Sie liebte die Natur in der Grafschaft ihrer Großeltern. Es roch nach Schnee. Die kalte Luft gab ihren Wangen eine gesunde Ausstrahlung; Frost bedeckte die Landschaft um sie herum. Bisher hatte es in Monmouthshire noch nicht geschneit, aber Eiskristalle kleideten das grüne Nadelkleid der Tannen und verbargen die Hässlichkeit der kahlen Bäume in einem kunstvollen Winterwunderland.

Die junge Frau genoss diese Momente und bestaunte die Schönheit des Winters. Gott war in der Tat ein Gott der Wunder.

Während sie weiterhin dem Weg folgte, atmete sie immer wieder die frische Luft ein. Ein Traum wäre es, für immer hier bleiben zu können ... nur mit Stille und der Natur umgeben.

Sie blickte sich um und sah, wie die Tannen und Fichten immer dichter wurden und in den tiefen und dunklen Wald führten. Sie war so in Gedanken versunken, dass sie furchtbar zusammen zuckte, als plötzlich laute Schüsse zu hören waren. Ihr Herz setzte aus.

Sie spitzte ihre Ohren in der Hoffnung, hören zu können, woher die Schüsse gekommen waren und ob es noch mehr Geräusche gab. Als alles still blieb, wollte sie sich umdrehen und zum Anwesen ihrer Großeltern zurückkehren, doch plötzlich vernahm sie lautes Rascheln. Einige Meter von ihr entfernt bewegten sich Büsche und Bäume.

Sie starrte in die Richtung, als im nächsten Augenblick zwei riesige Wildschweine aus dem Gebüsch schossen und direkt auf sie zukamen.

Charlotte gefror das Blut in den Adern und für einige Sekunden war sie wie gelähmt. Ein angsterfüllter Schrei entglitt ihren Lippen und sie versuchte sich so schnell wie möglich in Sicherheit zu bringen, ohne dabei die Tiere aus den Augen zu lassen.

Bevor sie wusste, wie ihr geschah, kam sie vom Weg ab und ihr Fuß sank in ein tiefes Loch. Durch das plötzliche Wegsinken und die ruckartige Bewegung verrenkte sie sich ihren Fuß und landete mit dem Rest ihres Körpers auf dem harten Boden. Sie saß fest.

Die Wildschweine kamen immer noch auf sie zu und somit kauerte sie sich zusammen und versuchte ihren Kopf mit ihren Armen zu schützen. Zwei weitere Schüsse klangen durch den sonst stillen Wald und einen Moment später war alles ruhig.

Als Charlotte ihre Arme vom Kopf nahm und aufsah, bemerkte sie, dass die beiden Borstentiere einige Schritte von ihr entfernt tot auf dem Boden lagen. Sie hielt den Atem an. Ein junger Mann ritt aus dem Gebüsch, hielt sein Pferd an und sprang vom Rücken des Tieres. Er kniete sogleich neben ihr.

VEREINTE HERZEN ZU WEIHNACHTEN

„Seid Ihr verletzt?" Seine leuchtend blauen Augen blickten tief in die ihren und sie bemerkte, wie sich Sorge und Unruhe auf seinem Gesicht ausbreiteten.

„Ich kann mein Bein nicht aus dem Loch bekommen und habe mir beim Fall den Fuß verdreht." Charlotte errötete unter seinem faszinierten Blick. Er war unheimlich gut aussehend. Er hatte dunkles braunes Haar, breite muskulöse Schultern und überwältigende blaue Augen.

Ein paar Jagdhunde wuselten plötzlich um sie herum und Charlotte konnte ein Kichern nicht unterdrücken, als zwei der Tiere ihr übers Gesicht leckten. Sie versuchte erneut, ihren Fuß aus dem Loch zu ziehen, aber es war nichts zu machen. Durch den Aufprall auf den gefrorenen Boden schmerzte ihr ganzer Körper und ihr verstauchter Fuß tat so weh, dass sie nur mit Mühe einen schmerzerfüllten Laut unterdrücken konnte.

Weitere Reiter in Jagdkleidung kamen aus dem Dickicht und die junge Frau seufzte. Sie war einer Jagd in die Quere gekommen.

„Verzeiht mir, ich hatte nicht vor, Eure Jagd zu unterbrechen."

„Es gibt nichts zu verzeihen. Es tut uns unsagbar leid, dass wir Euch erschreckt haben und Ihr Euch verletzt habt. Bitte erlaubt mir, Euch zu helfen."

Der junge Mann wollte sie gerade aus dem Loch ziehen, als ein kurzer Aufschrei ihren Lippen entwich.

Ihr Retter blickte sie verwundert an. Ihre Augen weiteten sich und Panik machte sich auf ihrem Gesicht breit. „Irgendein Tier hat sich an meinem Stiefel festgebissen und lässt nicht wieder los."

Charlotte hatte panische Angst vor Ratten und wollte sich nicht einmal vorstellen, dass ihr diese schrecklichen Nagetiere so nahe waren.

Zwei weitere Männer traten nun heran und gemeinsam zogen sie die junge Frau aus dem Loch und von der Öffnung fort.

Was auch immer in ihren Stiefel gebissen hatte, hatte zwar losgelassen, aber man konnte plötzlich ein furchteinflößendes Knurren hören, das immer näher kam.

Der junge Mann, der sie vor den Wildschweinen gerettet hatte, sprang sogleich vor die junge Frau, damit er Charlotte vor dem angreifenden Wesen beschützen konnte.

Das Tier blieb wie angewurzelt stehen, als es aus dem Loch schoss und vier Menschen vor sich sah. Das Knurren wurde aggressiver und lauter, aber es blieb vor seiner Höhle stehen und beobachtete alles nur. Die Hunde wollten auf das Tier losgehen, wurden aber von den Jägern zurückgerufen.

Mit dem jungen Mann vor sich wagte Charlotte es, einen Blick auf das knurrende Tier zu werfen, sah an ihrem Retter vorbei und schmunzelte.

„Ein Dachs!" Dankbar, dass sie sich nicht in einem Rattenloch befunden hatte, ließ sie erst einmal aufatmen. Sie bedankte sich bei den Männern für deren Hilfe. Der junge Mann, der sie beschützt hatte, grinste ihr entwaffnend zu.

„Es scheint, dass die Tiere dieses Waldes direkt darauf brennen, Euch näher kennenzulernen. Vielleicht sollten wir uns von hier erst einmal entfernen, bevor noch wildere Tiere Eure Nähe aufsuchen. Gestattet Ihr mir, Euch nach Hause zu bringen?"

„Gewiss." Charlotte schlug die Augen nieder, als er sie vorsichtig hochnahm. Gemeinsam beobachteten sie den Dachs, wie er, jetzt wesentlich entspannter, in seine Höhle verschwand und erst dann drehte sich der junge Mann den anderen Jägern zu.

„Meine Herren, es war mir ein Vergnügen, mit Ihnen gemeinsam jagen zu gehen, aber wie Sie sehen können, habe ich nun meine Arme voll und muss mich leider etwas früher als geplant von Ihnen verabschieden."

Sein Grinsen war ansteckend und die anderen Männer schmunzelten. Die Jäger versprachen, sich um die toten Wildschweine zu kümmern und dafür zu sorgen, dass die Tiere von diesem Ort entfernt wurden.

Der junge Mann hob Charlotte auf sein Pferd, stieg selbst auf und ergriff die Zügel. „Wohin darf ich Euch bringen?"

„Ich besuche zurzeit meine Großeltern – Graf und Gräfin Blackwood."

Er schnalzte seine Zunge und das Pferd setzte sich sogleich in Bewegung. Sie waren nicht weit entfernt und erreichten das Hauptgebäude des Blackwood Anwesens innerhalb weniger Minuten. Bevor der junge Mann absteigen konnte, um Charlotte behilflich zu sein, öffnete sich bereits die Tür und Eliza, Gustav Martin und der Graf und die Gräfin stürzten aus dem Haus.

„Oh, Charlotte, was ist passiert?" Tiefe Sorge stand ihrer Großmutter auf dem Gesicht geschrieben, aber Charlotte winkte ab. Sie wollte die alte Dame auf keinen Fall beunruhigen.

„Du brauchst nicht alarmiert zu sein und dir Gedanken zu machen, Großmama. Es ist nicht sehr schlimm. Ich habe mir nur den Fuß verstaucht."

Ihr Retter hob Charlotte vom Pferd und legte sie in die Arme des Dieners. „Eure Enkeltochter wollte nur die Tiere unseres Waldes näher kennenlernen, liebe Gräfin. Sie war so darauf erpicht, auch die Wesen, die unter der Erde leben, zu Gesicht zu bekommen, dass sie sogar Ihren Stiefel benutzte, um einen Dachs aus seiner Höhle zu locken."

Charlotte versuchte krampfhaft ernst zu bleiben, aber es nützte nichts. Sie lachte hell auf, bevor sie sich an ihre entsetzte Großmutter wandte.

„Glaube ihm kein Wort, Großmama. Ich habe in keiner Weise versucht, mich mit dem Dachs bekannt zu machen und war auch nicht wirklich in Gefahr."

Sie lächelte der alten Frau beruhigend zu, bevor sie den jungen Mann anblickte, gefährlich die Augen zusammen kniff und ihm zu verstehen gab, bloß nicht noch etwas Falsches über den Vorfall zu sagen. Sein breites Grinsen vertiefte sich und er zwinkerte ihr zu.

„Danke, dass Ihr mich nach Hause gebracht habt." Charlotte blickte ihn weiterhin an, aber er konnte in ihren Augen Dankbarkeit erkennen.

„Ihr müsst mir nicht danken. Es war mir eine Ehre, Euch zum Haus Eurer Großeltern zu begleiten. Darf ich es wagen, Euch morgen meine Aufwartung zu machen, um mich nach Eurem Befinden zu erkundigen?"

Die junge Frau nickte. „Solange es während des Tages ist. Meine Großeltern haben bereits andere Verpflichtungen für den Abend."

„Dann könnt Ihr mich am Nachmittag erwarten."

„Ich freue mich darauf." Charlotte hatte ein spielerisches Lächeln auf den Lippen. Ihre Augen leuchteten und ihre ohnehin roten Wangen glühten. Der junge Mann verbeugte sich, ließ sie aber nicht aus den Augen.

„Dann bis morgen, Herr? Oh, ich glaube, wir haben uns einander gar nicht vorgestellt."

Er zögerte für einen Augenblick, bevor er ihr antwortete. „Mein Name ist Hendrick Worthington, Lady Charlotte." Sein charmantes Lächeln ließ ihr Herz schneller schlagen. Der Graf und die Gräfin blickten ihn fragend an.

„Graf Blackwood, darf ich Euch und Eure Gattin kurz sprechen?" Der alte Mann nickte und die beiden traten näher. Hendrick blickte Charlotte nach, die von ihrem Diener ins Haus getragen wurde, bevor er dem älteren Ehepaar seine Aufmerksamkeit schenkte.

Kapitel 2

Als Charlotte am folgenden Morgen aufwachte, fühlte sich ihr Fuß wesentlich besser an, sah aber schrecklich aus. Ihre besorgte Großmutter hatte noch am Abend einen Mediziner kommen lassen, obwohl Charlotte ihr versucht hatte zu erklären, dass das nicht nötig war.

Nachdem der Arzt die junge Frau gründlich untersucht hatte, gab er Charlottes Zofe die Anweisung, regelmäßig den verstauchten Fuß mit Heilsalbe einzureiben und dann mit einem Verband zu verbinden. Das junge Dienstmädchen sollte das so lange wiederholen, bis die Blutergüsse wieder verschwunden waren.

Eliza half Charlotte, sich aufzusetzen und versorgte erst einmal den verstauchten Fuß. Charlotte, die auch bei kleinen Verletzungen schnell ohnmächtig wurde, blickte in eine andere Richtung und konzentrierte sich aufs Atmen, da ihr bereits schummrig wurde.

Eliza half der jungen Frau mit der Morgentoilette, kleidete sie an und frisierte ihr die Haare, bevor sie Gustav Martin rief, damit er Charlotte nach unten bringen konnte.

VEREINTE HERZEN ZU WEIHNACHTEN

Charlotte liebte das Haus ihrer Großeltern. Es war nicht nur charmant und elegant, sondern auch mysteriös. Mit ihren Geschwistern hatte sie über die Jahre viele Geheimnisse entdeckt und das Haus immer mehr erkundet.

Der Salon des Hauses hatte ein großes Fenster, von dem man aus den stattlichen Garten und Park sehen konnte. Hinter dem Park ragten die Bäume des Waldes in die Höhe.

Das war der Teil des Anwesens, den Charlotte am Tag zuvor erkundet hatte.

Nachdem die morgendliche Speise beendet war, bat Charlotte ihre Zofe und Herrn Martin, sie nach draußen zu begleiten. Sie liebte es, auf den Bänken zwischen den Bäumen zu sitzen. Eliza half der jungen Frau, ihren dicken Wintermantel anzuziehen und Gustav Martin griff nach ein paar Decken.

Als der Diener ihres Vaters sie wieder tragen wollte, schüttelte Charlotte ihren Kopf.

„Sie brauchen mich nicht überall hinzutragen, Herr Martin. Solange Sie und Eliza mich stützen, kann ich die kurze Distanz laufen."

„Nur wenn Ihr versprecht, Euren verstauchten Fuß nicht zu benutzen, Lady Charlotte." Eliza sah ihre Herrin fest an, aber Charlotte bemerkte den besorgten Blick, den ihr ihre Zofe zuwarf.

„Ich verspreche es."

Gemeinsam gingen sie zu Charlottes Lieblingsplatz. Eliza stützte die junge Frau, bis Gustav Martin die Bank mit warmen Decken bedeckt hatte. Sie halfen Charlotte, sich hinzusetzen und Eliza legte eine weitere Decke um die Schultern der jungen Frau.

„Herr Martin, Sie müssen nicht bei uns bleiben und dürfen sich gerne ins Haus zurückziehen. Eliza wird sie holen, wenn ich von der Kälte genug habe."

Er nickte und Charlotte blickte ihm nach, wie er zum Haus ging. Solange sie denken konnte, war er der Diener ihres Vaters gewesen und dennoch kannte sie ihn kaum. Er war zurückhaltend und privat und sprach sehr selten. Irgendwie war er mysteriös.

„Seid Ihr warm genug, Lady Charlotte?"

„Ja, das bin ich. Danke, Eliza. Bitte wickele dich in die letzte Decke. Ich möchte nicht, dass du krank wirst."

Eliza tat, worum Charlotte sie gebeten hatte. Sie blickte die junge Adelige einen Moment ernst an, bevor sich ein spitzbübisches Lächeln auf ihren Lippen breit machte.

„Gehe ich fehl in der Annahme, dass Ihr es kaum noch erwarten könnt, den stattlichen jungen Mann von gestern wiederzusehen?"

Charlotte lief rot an, musste aber schmunzeln. „Du kennst mich zu gut, Eliza. Er sah wirklich sehr gut aus, oder sehe ich das falsch?"

„Ganz und gar nicht. Er war in der Tat sehr ansehnlich und würde auch viel besser zu Euch passen wie Landgraf Kenworthy."

Charlotte seufzte. „Wenn es Papa nur genauso sehen würde. Ich mache mir Sorgen um meine Zukunft. Mein Vater hat mir zwar ein paar Wochen Zeit gegeben, um jemanden zu finden, aber ich glaube, er hat seine Entscheidung bereits getroffen und wird mich mit Landgraf Kenworthy verheiraten."

„Vielleicht wird er es sich noch einmal überlegen, wenn er Herrn Worthington kennenlernt."

Charlotte schüttelte nur den Kopf. „Papa wird es mir nicht gestatten, jemanden zu heiraten, der gesellschaftlich unter mir steht. Und wahre Liebe zu finden, braucht Zeit. Ich sollte nicht einmal mit dem Gedanken spielen, mit dem jungen Mann eine Verbindung einzugehen."

Sie seufzte. „Vielleicht kennen meine Großeltern ja jemanden, der infrage kommen könnte. Aber wie gesagt, solche Dinge kann man nicht erzwingen. Ich kann doch in solch kurzer Zeit von niemandem einen Heiratsantrag erwarten."

„Vielleicht steht Herr Worthington gesellschaftlich besser da, als er angegeben hat."

Charlotte schüttelte wieder den Kopf. „Das glaube ich nicht. Er hat sich als Hendrick Worthington vorgestellt und das bedeutet, dass er keinen Adelstitel hat und vermutlich ein ganz gewöhnlicher Bürger ist. Selbst wenn er hier in Monmouthshire hochgeachtet und respektiert wird, wird mein Vater einer Ehe niemals zustimmen."

„Ihr solltet Euch trotzdem erlauben, den jungen Mann näher kennenzulernen. Er war sehr von Euch angetan. Ja, ich würde sogar so weit gehen, dass Ihr in direkt bezaubert habt." Eliza blickte die junge Aristokratin von der Seite an und ein Lächeln erhellte ihr Gesicht.

Charlottes rosige Wangen, glühten. „Das würde mir durchaus gefallen, aber leider kann ich mir nicht trauen. Ich habe zwar einen Dickkopf und lasse mich normalerweise nicht so schnell beeinflussen, aber wie lange ich seinen stattlichen Schultern und leuchtend blauen Augen widerstehen kann, weiß ich auch nicht." Die junge Frau zwinkerte ihrer Zofe zu.

„Wer weiß, vielleicht braucht er mir nur noch einmal so charmant zuzulächeln, bevor es um mich geschehen ist und ich ihm nicht mehr widerstehen kann. Ich kann ein gebrochenes Herz einfach nicht riskieren."

„Ihr fühlt Euch aber geehrt, dass er Euch so galant zu Hilfe kam? Vermutlich erzählt er gerade all seinen Freunden, dass er das Leben von der hübschen Lady Charlotte Woodridge retten durfte."

Charlotte konnte ein Kichern nicht unterdrücken und errötete noch mehr. „Ah, natürlich. Es ist der Traum eines Mannes, eine Rettungsgeschichte wie die meine mit anderen zu teilen, ganz abgesehen davon, dass mein Leben nicht wirklich in Gefahr war", erwiderte Charlotte trocken und verdrehte ihre Augen.

„Eine Jungfrau in Nöten muss sehr selten von Borstenviechern und knurrenden Dachsen gerettet werden und verstaucht sich normalerweise auch nicht noch den Fuß, während sie versucht sich selbst zu retten. Wenn ich mich recht erinnere, dann erwähnen Geschichten der Vergangenheit, feuerspeiende Drachen und gefährliche wilde Tiere, wie zum Beispiel Löwen und Wölfe. Nicht ein einziges Mal habe ich gelesen, dass eine holde Magd vor zwei riesigen Wildschweinen gerettet werden musste."

Eliza brach in hellem Lachen aus und auch Charlotte konnte ein Grinsen nicht unterdrücken.

Das junge Dienstmädchen lachte immer noch, als Gustav Martin nach draußen kam, um Charlotte ins Haus zu helfen. Die Gräfin fragte ihre lächelnde Enkeltochter, was Eliza so amüsierte, aber Charlotte winkte nur ab. Sie war sich nicht sicher, ob ihre Großmutter ihren trockenen und sarkastischen Humor und wachen Verstand gutheißen würde und somit sagte sie lieber nichts.

„Gräfin Blackwood! Danke, dass Ihr mir erlaubt mich nach dem Befinden Eurer Enkeltochter zu erkundigen. Geht es ihr wieder besser?"

„Ja, das tut es. Sie ist auf alle Fälle auf dem Weg der Besserung. Ihr findet sie draußen in unserem Garten. Herr Martin kann Euch zu ihr bringen."

Hendrick folgte dem Diener nach draußen. Er bemerkte schnell, dass den Blackwoods viel daran lag, die Außenanlagen so elegant und einladend wie möglich zu präsentieren.

Charlotte und Eliza saßen mit ihren Rücken zum Haus und sahen nicht, wie Gustav Martin und der junge Mann sich ihnen näherten.

Hendrick beobachtete Charlotte für einen Moment und ein spitzbübisches Grinsen breitete sich auf seinem Gesicht aus. Obwohl sie sich erst so kurz kannten, konnte er nicht vergessen, wie charmant sie am Vortag errötet war. Noch immer klang ihr liebliches Lachen in seinen Ohren, das aus ihr herausbrach, nachdem er sie dem Diener übergeben hatte und es sich nicht verkneifen konnte, eine Bemerkung über den Dachs zu machen, um ihre Großmutter in Angst und Schrecken zu versetzen.

Die junge Frau hatte offenbar einen gesunden Humor und er würde es sich nicht nehmen lassen, sie, wann immer er konnte, zu necken. Charlotte hatte etwas Besonderes an sich und er konnte es kaum noch erwarten, sie näher kennenzulernen.

„Lady Charlotte", hörte die junge Frau plötzlich die tiefe Stimme von Gustav Martin hinter sich und zuckte beinahe zusammen, da sie mit ihm in dem Augenblick einfach nicht gerechnet hatte. „Herr Worthington möchte Euch seine Aufwartung machen."

Charlotte drehte sich um und der junge Mann verbeugte sich zur Begrüßung, wie es unter den Adeligen üblich war. Bevor sie sich erheben konnte, um seine Verbeugung mit einem Knicks zu erwidern, trat er auch schon näher.

„Bitte bleibt sitzen, Lady Charlotte. Ihr seid noch immer verletzt, ist das richtig?" Sein Lächeln machte sie verlegen und ihre Wangen erröteten, aber sie nickte. Er ging um die Bank herum und platzierte sich auf einem Stuhl, der ihr direkt gegenüberstand.

Charlotte hielt den Atem an. Sie musste sich sehr konzentrieren, um ihn nicht anzustarren, obwohl sein attraktives Gesicht und die breiten Schultern direkt dazu einluden. Der Versuchung war schwer zu widerstehen, aber als eine Dame durfte sie sich so nun einmal nicht benehmen. Sie wagte es nur hin und wieder, dem jungen Mann verstohlen ein paar Blicke zuzuwerfen.

Sein mitreißendes Lächeln verschwand, als er sich hingesetzt hatte und er sah sie ernst an.

„Lady Charlotte, ich muss sagen, dass ich über Eure Begrüßung etwas enttäuscht bin. Ich habe von Euch mehr Begeisterung erwartet."

Charlottes Augen verdunkelten sich und sie runzelte die Stirn. Das war eine merkwürdige Art, ein Gespräch zu beginnen und sie verstand auch nicht, was er an ihrer Begrüßung auszusetzen hatte. Hatte er sie nicht gerade noch aufgehalten, aufzustehen? Sie wusste nicht, wie sie auf seine Worte reagieren sollte und blieb still.

„Ihr seht aus, als ob Ihr keine Ahnung habt, worüber ich rede. Ist es falsch von mir zu denken, dass mein gestriger Rettungsversuch eine besondere Verbindung zwischen uns bewirkt hat?", bemerkte er theatralisch und ließ ihr Gesicht nicht aus den Augen.

„Ich hätte gestern bereits um Eure Hand angehalten, dachte mir aber, dass Ihr noch etwas mehr Zeit braucht. Ich hatte mich darauf eingestellt, Euch heute einen Antrag zu machen, aber Ihr scheint Euch über meinen Besuch nicht zu freuen."

Er hielt kurz inne, fuhr aber gleich wieder fort. „Um ehrlich zu sein, habe ich erwartet, dass sich Eure Begeisterung so zeigen würde, indem Ihr ungeduldig am Fenster sitzt und es kaum noch erwarten könnt, mich zu sehen. Oder dass Ihr Euch mit unbändiger Freude in meine Arme werft, um der Begrüßung die richtige Wärme zu geben. Offenbar habe ich die Zeichen missverstanden. Ich bitte um Verzeihung." Er blickte ihr gerade in die Augen, sein ernster Gesichtsausdruck änderte sich nicht.

Charlotte war sprachlos und ihre Wangen hatten Feuer gefangen. Ihr Puls beschleunigte sich und ihr Herz schlug Purzelbäume. Sie blickte sich Hilfe suchend nach ihrer Zofe um, aber die zuckte nur mit den Schultern.

Allerdings bemerkte die junge Frau, dass Gustav Martin sich nur mit Mühe ein Lachen verkneifen konnte. Seine Augen leuchteten schelmisch und er musste sich sehr beherrschen, um nicht loszuprusten.

Da Charlotte nicht wusste, wie sie auf Hendrick Worthingtons Worte reagieren sollte, wandte sie sich nun an den Diener ihres Vaters.

„Herr Martin", schimpfte sie mit gespieltem Ernst. „Würden Sie mir verraten, was Sie so amüsant finden?"

Der ältere Mann schüttelte nur seinen Kopf, biss sich aber auf die Lippe, um nicht doch noch loszulachen.

„Ich glaube, es ist Eure entzückende Verlegenheit, die uns alle ein Lächeln auf die Lippen zaubert." Hendrick hatte anstatt des Dieners geantwortet und sein ernster Gesichtsausdruck verwandelte sich plötzlich in ein freches Grinsen.

„Vergebt mir, Lady Charlotte, aber ich konnte mich einfach nicht zurückhalten und musste Euch necken."

Charlotte atmete erleichtert auf. Er scherzte nur mit ihr. Dankbar, dass er nicht wirklich enttäuscht von ihr war, erwiderte sie sein Grinsen mit einem strahlenden Lächeln.

„Ihr musstet mich necken? Mir war nicht bewusst, dass die Notwendigkeit einer Rettung es einem Herrn erlaubt, sich auf Kosten einer Dame zu amüsieren. Allerdings muss ich mich gegen Eure Begrüßungserwartungen doch ein wenig zur Wehr setzen. Ihr wisst doch, dass ich einen verletzten Fuß habe, daher wäre es unmöglich, mich irgendjemandem in die Arme zu werfen."

Sie zog eine Augenbraue hoch und deutete auf ihren verstauchten Fuß. Der junge Mann lachte kurz auf.

„Also unmöglich wäre es nicht unbedingt. Ihr hättet einfach warten können, bis ich mich vor Euch verbeuge und dann wäre es sehr leicht für Euch gewesen, Eure Arme um meinen Hals zu werfen." Er beobachtete sie amüsiert und tatsächlich glühten ihre Wangen plötzlich wie zwei heiße Kohlen im Feuer.

VEREINTE HERZEN ZU WEIHNACHTEN

Charlotte war noch nie in ihrem Leben so von einem jungen Mann geneckt worden. Ihr Bruder hatte sich so manchen Scherz mit ihr erlaubt, aber das Selbstvertrauen, das Hendrick Worthington an den Tag legte, war bemerkenswert.

Sie konnte nicht verneinen, dass ihr erster Eindruck von ihm falsch gewesen war.

Er war offenbar sehr gutaussehend, aber sie hatte ihn zuerst doch eher für ernsthaft und seriös gehalten, vielleicht sogar etwas langweilig. Das war nicht der Fall. Sie hatte sich geirrt. Er war alles andere als langweilig und seine nette, charmante Art hatte ihr Herz bereits in Beschlag genommen.

Charlotte ignorierte ihre offensichtliche Verlegenheit und warf dem jungen Mann einen kecken Seitenblick zu.

„Präsentiert Ihr Euch allen Damen Eurer Bekanntschaft so frech oder bin ich die Einzige, der diese Ehre erwiesen wird, weil ich auf Eure Hilfe angewiesen war?"

„Ihr unterstellt mir interessante Dinge. Habt Ihr bedacht, dass ich vielleicht gar keine Dame in meiner Bekanntschaft habe?"

„Nein, mein Herr, der Gedanke ist mir gewiss nicht gekommen und um ehrlich zu sein würde es mich auch sehr wundern, wenn das der Fall wäre." Charlotte hatte ein verschmitztes Leuchten in den Augen, aber der Gesichtsausdruck von Hendrick änderte sich zu Bestürzung.

„Das ist ein harter Tadel, Lady Charlotte. Wollt Ihr damit sagen, dass Ihr mich als Lebemann betrachtet?" Seine blauen Augen blickten sie so ernst an, dass sie noch verlegener wurde. Sie blickte zu Boden und fragte sich, ob sie mit ihrem Necken zu weit gegangen war.

Bevor sie etwas erwidern konnte, sah sie, wie es um seinen Mund zuckte; ein deutliches Zeichen dafür, dass er sie auf keinen Fall ernst genommen hatte. „Ich kann Euch versichern, dass ich mich in dieser Weise nur Damen präsentiere, die ich vor Wildschweinen retten musste."

„Wie tröstlich", erwiderte sie trocken und zwinkerte Eliza zu, die der ganzen Unterhaltung stillschweigend, aber durchaus amüsiert folgte. „Da wir aber gerade von dem gestrigen Vorfall sprechen, möchte ich Euch noch einmal für Euren tapferen und schnellen Eingriff Dank sagen. Diese riesigen Borstentiere wirkten doch sehr furchterregend."

„Seid Ihr sicher, dass Ihr Euch bei mir bedanken solltet? Vielleicht bin ich kein tapferer Eingreifer und habe nur nach einem Grund gesucht, Euch näher kennenzulernen."

„Ist das so?", fragte Charlotte spielerisch. „Bedeutet das, dass die beiden Wildschweine etwa für Euch arbeiten? Vielleicht haben sie ihren Tod nur vorgetäuscht und Ihr habt gefälschte Jagdmunition benutzt?"

Hendrick hätte am liebsten laut losgelacht. Er fand Charlotte wunderschön, aber ihre Schlagfertigkeit war mindestens genauso attraktiv. Er blickte ihr tief in die Augen, als er antwortete.

„Ihr habt mein Geheimnis entdeckt, Lady Charlotte. Am besten bringe ich bei meinem nächsten Besuch Arthur und Jasper mit mir, da sie ja so wundervolle Arbeit geleistet haben und uns einander näher brachten."

VEREINTE HERZEN ZU WEIHNACHTEN

„Ihr habt die Wildschweine Arthur und Jasper genannt?", fragte Charlotte, während sie nur den Kopf schüttelte. „Eliza, ich glaube, wir müssen den Mediziner meiner Großeltern noch einmal kommen lassen. Dieser junge Mann hier muss dringend untersucht werden."

Für einen Augenblick waren alle still und sie blickten einander nur an, aber dann fingen sie gleichzeitig an zu lachen. Sogar Gustav Martin wischte sich ein paar Lach Tränen aus den Augen. So albern und unsinnig diese Unterhaltung auch gewesen war, sie waren sich einig, dass es einen wundervollen Nachmittag noch besser gemacht hatte.

„Charlotte, es ist Zeit, dich für den Abend fertig zu machen", rief Henriette ihr vom Haus aus zu und die junge Frau nickte.

„Ja, Großmama, ich komme."

Hendrick erhob sich, stellte sich vor Charlotte und bot ihr seinen Arm an. „Darf ich Euch zurück zum Haus helfen?"

Sie nickte, errötete aber leicht. Der junge Mann half ihr aufzustehen und sie hakte ihren Arm bei ihm ein, während Eliza sie auf der anderen Seite stützte. Sie ließen sich Zeit und gaben Charlotte die Möglichkeit zwischendurch stehenzubleiben, um sich etwas auszuruhen.

Als sie fast die Tür erreicht hatten, beugte sich Hendrick Worthington zu Charlotte runter und kam dicht an ihr Ohr.

„Danke für einen wundervollen Nachmittag, Lady Charlotte. Eure Schönheit und charmante Art hat mein Herz bereits erobert", flüsterte er mit seiner tiefen Stimme und Charlottes Herz setzte für einen Moment aus.

Seine Nähe und gutes Aussehen gestalteten das Atmen plötzlich sehr schwierig. Sie sehnte sich danach von seinen muskulösen Armen umschlossen zu werden, schalt sich dann aber selbst. Eine Verbindung zu Hendrick Worthington war nicht möglich und doch wurde es immer schwieriger gegen ihre wachsenden Gefühle anzukämpfen.

„Darf ich Euch auch morgen meine Aufwartung machen?"

Sie spürte seinen erwartungsvollen Blick und wäre am liebsten fortgelaufen. Ihr Verstand schrie ihr zu, einen weiteren Besuch abzulehnen, aber ihr Herz machte dem einen Strich durch die Rechnung.

Charlotte wusste, dass eine Freundschaft mit Hendrick Worthington nur zu Kummer und einem gebrochenen Herzen führen würde, dennoch fühlte sich seine Gegenwart gut an und seine Anwesenheit machte sie glücklich.

Sie nickte, aber die warnende Stimme in ihrem Kopf signalisierte ihr, dass sie den Kampf gegen Vernunft und Verstand langsam verlor.

Der Rest des Tages verlief angenehm. Charlottes Großeltern hatten ein paar Aristokraten des Niederadels eingeladen. Darunter befanden sich auch zwei nette, gut aussehende junge Männer. Einer war Baron, der andere ein Graf. Charlotte mochte beide, obwohl keiner mit Hendrick Worthington zu vergleichen war.

Baron Nathaniel Hadfield hatte einen charmanten Sinn für Humor und Charlotte fühlte sich auch ein wenig zu ihm hingezogen, aber sie konnte nicht sagen, ob diese jungen Adeligen sie als Person mochten oder nur wegen ihres Titels.

VEREINTE HERZEN ZU WEIHNACHTEN

Ihr Herz schmerzte. Sie verabscheute, wie die Menschen in gesellschaftliche Schichten eingeteilt waren. Sie war eine aufgeschlossene junge Frau und wollte mit denen verkehren, die sie mochte und nicht darauf achten müssen, dass die andere Person auch in der richtigen Gesellschaftsklasse weilte.

Charlotte hasste die formellen Regeln und dass die hohe Gesellschaft diktierte, wie sie diejenigen, die unter ihr waren, behandeln musste. Warum sollte ein Diener weniger respektvoll behandelt werden als ein Adeliger? Nur, weil er bürgerlich war?

Die Bediensteten der Adeligen arbeiteten hart. Sehr hart. Und viele wurden sehr schlecht bezahlt. Es war ungerecht und menschenunwürdig. Ihr Vater war einer der wenigen, der seine Angestellten sehr gut behandelte und auch bezahlte, aber dennoch legte er großen Wert darauf, dass seine Diener wussten, dass sie eben bürgerlich waren.

Charlotte hatte immer wieder mit ihrem Vater argumentiert, um ihm zu verstehen zu geben, dass es nicht recht war, die Gesellschaft in Schichten zu teilen. Er verstand sie einfach nicht.

Sie liebte ihren Vater, aber er war sehr traditionell und das perfekte Beispiel des Hochadels. Sein eigener Vater hätte ihn beinahe als Nachfolger aberkannt, weil er sich Charlottes Mutter als Braut ausgesucht hatte. Das war das einzige Mal, dass ihr Vater Tradition gebrochen hatte.

Wann immer Charlotte den niedrigen Rang ihrer Mutter erwähnte, um ihrem Vater zu verdeutlichen, dass sie ihrem Herz folgen und keinen Adelstitel heiraten wollte, sondern jemanden, den sie liebte, unterbrach ihr Vater sie sofort.

Ernst Woodridge war der festen Überzeugung, dass Männer des Hochadels gesellschaftlich unter sich heiraten durften, wenn ein Mann das so wollte. Frauen, die in den Hochadel geboren waren, hatten sich den Vorschriften der Gesellschaft und besonders dem Willen ihres Vaters unterzuordnen.

Charlotte fühlte sich unverstanden und fand es ungerecht, dass Frauen nicht die gleiche Behandlung zuteilwurde. Mehr als einmal hatte sie sich gewünscht, nicht in eine Adelsfamilie geboren worden zu sein.

Baron Hadfield schaffte es an diesem Abend mehrmals, die Aufmerksamkeit der Anwesenden auf sich zu ziehen.

Er hatte blonde Haare, grüne ausdrucksvolle Augen, breite Schultern und war auch ziemlich groß, wenn auch nicht so groß wie Hendrick Worthington. Warum verglich sie den Baron ständig mit ihrem Wildschweinretter?

Sie war dem Baron gegenüber nicht gerecht, aber eigentlich machte es sowieso nichts, denn keiner dieser Männer würde für ihren Vater als zukünftiger Schwiegersohn infrage kommen.

Als Charlotte sich am Abend in ihre Schlafkammer zurückzog, war sie ausgesprochen ruhig. Eliza blickte sie besorgt von der Seite an.

„Lady Charlotte, warum seid Ihr so ernst und unglücklich?"

„Ich sorge mich um meine Zukunft. Ich fürchte mich vor dem Ende des Monats. Seit wir hier sind, habe ich drei charmante und gut aussehende junge Männer kennengelernt. Aber keiner wird als

Ehemann infrage kommen, da mein Vater es mir nicht gestatten wird, jemanden des Niederadels zu heiraten, geschweige denn einen bürgerlichen."

Sie seufzte. „Ich wünschte, ich hätte die Freiheit, mich selbst zu entscheiden. Landgraf Kenworthy wird mich nicht glücklich machen. Ich kann so tun, als wäre ich zufrieden und fröhlich, aber ich kann nicht so tun, als wäre ich wirklich glücklich." Tränen traten in ihre Augen und Eliza umarmte sie.

„Mein Herz schmerzt für Euch, Lady Charlotte. Ich werde dafür beten, dass Euer Vater seine Meinung ändert."

„Du kennst meinen Vater. Er ist so stur wie ein Esel, wenn es um Traditionen geht. Wir bräuchten ein Wunder, um seine Meinung zu ändern."

„Es ist Weihnachten. Dann werde ich eben für ein Weihnachtswunder beten."

Nachdem Eliza Charlottes Schlafkammer verlassen hatte, schloss die junge Frau ihre Augen und dachte über den Tag nach. Sie konnte es nicht länger verleumden, aber sie fing an, sich in Hendrick Worthington zu verlieben. Irgendwie hatte er sie von Anfang an in den Bann gezogen.

Sosehr ihr Verstand auch dagegen anging und sie immer wieder daran erinnerte, dass eine Heirat mit ihm niemals infrage kommen würde, wollte sie nichts mehr als die Vernunft ignorieren und ihr Herz leiten lassen.

Ihr Verstand sagte ihr sie sollte Hendrick Worthington von nun an lieber aus dem Weg gehen und weitere Besuche von ihm untersagen, aber seine Nähe machte sie einfach glücklich und gab ihr das Gefühl von Geborgenheit.

Es überraschte sie schon, wie schnell sich diese Gefühle für den jungen Mann entwickelten, aber sie konnte und wollte nichts dagegen tun. Sicher wollte sie eine Ehe mit Landgraf Kenworthy vermeiden, aber das war nicht der Grund, warum sie ihren Retter überhaupt als Kandidaten in Erwägung zog.

Sie hatte es nicht erwartet, so schnell nach ihrer Ankunft in Monmouthshire jemanden kennenzulernen und schon gar nicht damit gerechnet, dass dieser jemand in so kurzer Zeit ihr Herz erobern würde.

Warum überraschte es sie überhaupt, sich so schnell zu verlieben? Seit sie der feinen Gesellschaft vorgestellt worden war, hatte sie eine Menge junger Männer und nicht so junge Männer kennengelernt, aber nicht einer hatte ihr Herz so schnell erobert wie Hendrick Worthington.

Dürfte sie selbst wählen und könnte jemanden ohne die Einwilligung und Segen ihres Vaters heiraten, würde sie einem Heiratsantrag von dem jungen Mann sofort zustimmen.

Charlotte blickte an die dunkle Zimmerdecke. „Was ist dein Plan für mich? War es ein Zufall, dass ich Herrn Worthington getroffen habe oder sollte das so sein? Warum kann er nicht auch zum Adel gehören? Wirst du das Herz von meinem Vater erweichen, damit ich glücklich werden kann?"

Sie schloss wieder ihre Augen. Sie wollte Gott vertrauen und doch fürchtete sie, am Ende nur mit einem gebrochenen Herzen leben zu müssen.

Kapitel 3

Graf Blackwood verließ sein Anwesen am folgenden Morgen. Jedes Jahr um die Weihnachtszeit besuchte er seine Pächter und die Familien seiner Angestellten. Er war ein angesehener Gutsherr und ihm lagen seine Untergebenen sehr am Herzen.

Es war mittlerweile eine Tradition für ihn, Geschenke und Gebrauchsgegenstände zu liefern und den Menschen, denen er Arbeit gab, ein frohes Weihnachtsfest zu wünschen. Er wollte auch sichergehen, dass sie alle hatten, was sie brauchten und nicht Not leiden mussten.

Um die Besuche schnell und in Sicherheit machen zu können, nahm er seinen Butler und Gustav Martin mit.

Der tägliche Zeitplan von Henriette Blackwood enthielt, unter anderem, auch einen Spaziergang im Garten und Park des Anwesens. Sie hatte es sich zur Gewohnheit gemacht, nach draußen zu gehen, nachdem die erste Mahlzeit des Tages beendet war.

An diesem Morgen fragte sie ihre Enkeltochter, ob sie sie begleiten wolle, aber Charlotte lehnte dies ab, da sie ja nicht wusste, wann Hendrick Worthington seine Aufwartung machen würde und ihr Fuß auch immer noch schmerzte, wenn sie diesen zu viel benutzte.

Sie beobachtete ihre Großmutter, wie sie ihren Mantel anzog und sich ihre Stiefel überstreifte. Als die alte Dame im Begriff war, die Tür zum Garten zu öffnen, bemerkte Charlotte das Wetter.

„Großmama, vielleicht solltest du heute lieber auf deinen Spaziergang verzichten. Es ist eisig kalt und der Wind wird auch immer schlimmer. Es sieht auch nach Regen aus."

„Sorge dich nicht, Charlotte. Die frische Luft und etwas Bewegung wird mir guttun. Ich bin die Kälte gewöhnt und werde auch nicht lange fortbleiben und mich an unseren Garten halten."

„Dann lass mich wenigstens eines der Dienstmädchen rufen, oder ich bitte Eliza, mit dir nach draußen zu gehen."

„Die Dienstmädchen sind im Augenblick alle beschäftigt und ich möchte deiner Zofe keine Umstände machen. Sie würde sich in meiner Gegenwart nur unwohl fühlen."

Ein lautes Klopfen an der Haustür kündigte die Ankunft des jungen Mannes an und Charlottes Augen leuchteten auf.

„Ich würde sagen, das ist die Ankunft deines stattlichen Verehrers", konnte sich die Gräfin nicht verkneifen zu sagen und lächelte ihrer Enkeltochter zu.

Ein Dienstmädchen öffnete die Tür und kündigte im nächsten Moment auch schon Hendrick Worthington an. Er trat näher und lächelte der alten Dame warm zu.

„Gräfin Blackwood, es freut mich, Euch so schnell wiederzusehen." Er verbeugte sich und Henriette nickte ihm freundlich zu. Erst jetzt bemerkte der junge Mann, dass sie offenbar ausgehen wollte. „Komme ich ungelegen? Müsst Ihr fort?"

„Nein, nein. Ich möchte nur etwas an die frische Luft, um einen kleinen Spaziergang zu machen."

Hendricks Gesichtsausdruck veränderte sich sofort und Charlotte bemerkte, wie er besorgt die Stirn runzelte.

„Erlaubt mir, Euch davon abzuraten. Oder lasst mich Euch begleiten. Die Temperatur fällt und es sieht stark nach Regen aus. Gestattet mir für Eure Sicherheit zu sorgen."

„Unsinn! Ihr seid gekommen, um meiner Enkeltochter die Aufwartung zu machen und nicht ihre alte Großmutter durch den Garten zu begleiten. Ich mache täglich einen Spaziergang und werde mich auch nicht weit vom Haus entfernen, sondern mich im Garten aufhalten. Josephine", wandte sie sich nun an das Dienstmädchen, das sich immer noch in der Nähe aufhielt.

„Schicke Eliza in den Salon und dann serviere den Tee."

Josephine nickte untergeben und eilte davon.

„Ich muss ja dafür sorgen, dass bei meiner Abwesenheit alles mit rechten Dingen zugeht und sich eine Anstandsdame im Raum mit euch befindet. Wir wollen ja nicht, dass die Dienerschaft einen falschen Eindruck bekommt."

Henriette hatte leise gesprochen, konnte aber ein Grinsen nicht unterdrücken, besonders als sie sah, wie Charlotte rot anlief. Sie zwinkerte Hendrick Worthington zu und drückte ihrer Enkeltochter aufmunternd die Hand.

Als Eliza die Treppe heruntergeeilt kam, verschwand Henriette durch die Gartentür nach draußen. Die drei jungen Leute gingen in den Salon. Natürlich freute sich Charlotte, Hendrick wieder um sich zu haben, aber seine Anwesenheit machte sie auch nervös.

Charlotte stellte sich vors große Fenster und beobachtete ihre Großmutter. Schuldgefühle machten sich in ihr breit. Sie hätte die Gräfin begleiten sollen. Hendrick stellte sich neben die junge Frau.

„Lady Charlotte, möchtet Ihr, dass ich Eurer Großmutter nacheile?"

Charlotte blickte für einen Augenblick zu ihm auf. Seine Augen gaben ihr zu verstehen, dass er sie verstand und er lächelte ihr aufmunternd zu.

„Nein, aber habt vielen Dank. Ich sollte ihr nachgehen." Sie wollte sich gerade umdrehen und den Raum verlassen, doch dieses Mal war es Eliza, die sie zurückhielt.

„Ihr Fuß ist noch nicht verheilt, Lady Charlotte. Ich werde hinausgehen, um der Gräfin zu folgen." Sie rief nach Josephine, damit sie so lange als Anstandsdame im Raum war.

Charlotte blickte wieder aus dem Fenster und bemerkte, dass der Regen einsetzte. Die Gräfin drehte auf dem Absatz um und ging zurück in Richtung Haus.

Henriette hatte noch nicht einmal die Hälfte der Strecke zurückgelegt, als der Regen plötzlich in eine Sturmflut wechselte. Die Gräfin beschleunigte ihre Schritte.

Sie hatte beinahe die Veranda erreicht, als es passierte. Der starke Regen hatte den Weg in eine Rutschbahn verwandelt und die alte Frau verlor ihren Halt. Henriette versuchte, ihre Füße wieder unter Kontrolle zu kriegen, aber es war nichts zu machen.

Sie rutschte so schnell weg, dass sie sich nicht abfangen konnte und ihr Kopf gegen einen scharfen Eckstein schlug. Sie verlor sofort das Bewusstsein.

Charlotte stockte der Atem. Pures Entsetzen stand ihr auf dem Gesicht geschrieben und sie wurde weiß wie ein Bettlaken. Ohne lange zu überlegen, eilte sie aus dem Raum, dicht gefolgt von Hendrick Worthington und Eliza.

VEREINTE HERZEN ZU WEIHNACHTEN

Die Stirn ihrer Großmutter blutete heftig und Charlotte war kurz davor, ihre Besinnung zu verlieren. Sie war den Tränen nahe.

Der junge Mann und Eliza behielten einen klaren Kopf. Während Charlottes Zofe zurück ins Haus eilte, um den Hausangestellten Bescheid zu geben, hob Hendrick die Gräfin vorsichtig hoch und trug sie ins Haus.

Eliza hastete in den Salon. „Wir müssen der Gräfin die nassen Kleider ausziehen und sie warm ankleiden. Alles ist kalt und nass. Ich habe Josephine gesagt, sie solle einen der Stallburschen in die Stadt schicken, um den Mediziner zu holen. Sie sagte mir aber, dass zur Zeit keiner der männlichen Diener und Knechte auf dem Gut sind. Als es anfing zu regnen, sind sie zu den Weiden gelaufen, um die Pferde in den Stall zu bringen."

„Dann werde ich den Arzt holen", mischte sich Hendrick in das Gespräch. „Eliza, bitte sorge dafür, dass die Gräfin gut versorgt wird. Ich werde so schnell wie möglich zurückkommen."

„Sind Sie sicher, dass Sie das machen möchten? Der Regen ist in Schnee übergegangen und es ist ein schrecklicher Sturm da draußen." Sie blickte den jungen Mann besorgt an, aber er drückte ihre Hand und lächelte ihr aufmunternd zu. Die beiden drehten sich daraufhin zu Charlotte.

Die junge Frau stand wie angewurzelt neben ihrer Großmutter und blickte immer noch entsetzt auf die alte Frau hinab. Sie stand unter Schock. Eliza wollte eben nach Charlottes Hand greifen, als diese plötzlich aschfahl wurde und im nächsten Moment auch schon zusammenklappte. Hendrick konnte sie gerade noch auffangen, hob sie auf eine der Polsterbänke und wandte sich wieder Eliza zu.

„Bitte die Dienstmädchen, dir behilflich zu sein. Ich werde versuchen, mich zu beeilen." Er warf noch einen besorgten Blick auf Charlotte, bevor er durch die Tür und aus dem Raum eilte.

Eliza rief die Dienstmädchen zu sich und gab Anweisungen was zu machen war. Sie lagerte die Beine von Charlotte höher, aber die junge Frau kam bereits wieder zu sich. Sie wollte gerade aufstehen, aber Eliza hielt sie zurück.

Es dauerte nicht lange bis die Gräfin trocken, warm angezogen und in eine Decke gewickelt war. Eliza hatte auch die Wunde am Kopf verbunden.

Charlotte hatte sich aufgesetzt, war aber immer noch ganz bleich im Gesicht. Sie ließ ihre Großmutter nicht aus den Augen. Josephine reichte der jungen Frau eine Tasse Tee, die sie auch dankend annahm.

„Lady Charlotte", wandte sich nun Eliza an die zwanzigjährige, „wir müssen auch Euch warm bekommen. Ihr seid ebenfalls nass geworden und ich kann sehen wir Ihr zittert. Ich möchte nicht, dass Ihr erkrankt." Da Charlotte nicht reagierte, drückte Eliza leicht ihren Arm. „Ich werde Eure Kleidung holen."

Charlotte war umgekleidet und warm als Hendrick mit dem Mediziner zwei Stunden später zurückkehrte. Die beiden Männer waren völlig durchnässt und somit holten Eliza und Josephine trockene Kleidung, damit sich die beiden Herren umziehen konnten.

Sobald der Arzt seine Kleidung gewechselt hatte, widmete er sich Henriette Blackwood. Josephine brachte immer wieder heißen Tee, damit die Männer schneller warm wurden.

Charlotte war noch immer blass im Gesicht, aber ihre Wangen hatten etwas Farbe bekommen. Sie saß neben ihrer Großmutter und hatte nur Augen für die alte Dame und den Mediziner.

Ihr verstauchter Fuß war wieder stark angeschwollen und schmerzte, da sie ihren Fuß so viel am Tage benutzt hatte.

Eliza bemerkte den angespannten Gesichtsausdruck und bat Josephine, ein paar nasse Tücher zu bringen.

„Herr Worthington", wandte sich die Zofe nun an den jungen Mann, „wissen Sie, ob der Graf heute noch zurückkehren wird?"

Bevor Hendrick etwas erwidern konnte, meldete sich der Arzt zu Wort, der gerade die Untersuchung der Gräfin beendet hatte.

„Nein, er wird nicht zurückkommen können. Der starke Regen hat den Fluss überflutet und die beiden Brücken, die zu diesem Anwesen führten, sind weggeschwemmt worden. Der Wind und die Wetterverhältnisse sind zu schwerwiegend, um durch den Fluss zu reiten. Es wäre zu gefährlich. Der Regen hat sich in einen heftigen Schneesturm verwandelt und es sieht sehr danach aus, dass wir hier ein paar Tage festsitzen werden, oder im Falle des Grafen auf der anderen Seite des Flusses."

Charlottes Augen weiteten sich. Sie hatte kein Problem damit, dass der Mediziner ein paar Tage bei ihnen blieb, aber Hendrick Worthington? Was werden die Leute sagen, besonders wo doch ihr Großvater nicht anwesend war, geschweige denn der Butler oder Diener ihres Vaters?

Es gab nichts, was dagegen getan werden konnte. Der Schneesturm wütete vor sich hin und ob sie es wollte oder nicht, sie saßen alle fest.

Charlotte versuchte das nervöse Gefühl, den jungen Mann so lange um sich zu haben, zu ignorieren und wandte sich an den Mediziner.

„Wird Großmama bald wieder auf den Beinen sein?"

„Das ist schwer zu sagen. Ich denke schon, aber es beunruhigt mich, dass die Gräfin immer noch nicht aufgewacht ist. Ich habe ihre Wunde versorgt und behandelt und nun können wir nur noch warten."

Charlotte blieb für den Rest des Tages ausgesprochen still. Die Dienstmädchen servierten das Abendessen, aber sie konnte kaum etwas herunterbekommen.

Dr. Mason besah sich ihren Fuß, wickelte nasse Tücher um den Knöchel und beendete die Behandlung mit Heilsalbe und Verband.

Als es Zeit war ins Bett zu gehen, weigerte sich Charlotte von der Seite ihrer Großmutter zu weichen. Eliza wollte bei ihr bleiben, aber Charlotte schickte sie zu Bett. Bevor ihre Zofe verschwand, bat Charlotte sie noch ihren Stuhl vor das große Fenster zu schieben, damit sie herausgucken konnte und trotzdem in der Nähe ihrer Großmutter war. Dr. Mason blieb ebenfalls noch wach und setzte sich mit einem Buch auf das Sofa neben der Tür.

Es war schon nach zwei Uhr morgens, als sich auch der Doktor in eines der Gästezimmer, das die Dienstmädchen für ihn hergerichtet hatten, zurückzog. Er ordnete Charlotte an, ihn sofort holen zu lassen, sobald sie eine Veränderung bemerkte.

Im Salon war es ganz still. Man konnte nur das Knistern des Kaminfeuers hören. Die Flammen waren das einzige Licht im Raum, sonst war alles dunkel, aber der Kamin verbreitete eine wohlige Wärme.

Charlotte beobachtete ihre Großmutter für eine Weile, bis sie wieder aus dem Fenster blickte. Es hatte sich richtig eingeschneit und der Schneesturm hatte bereits eine dicke weiße Decke über die Natur gelegt. Es sah wunderschön aus.

Die schweren Schneewolken verbargen die Sterne, aber der Mond guckte durch ein Wolkenloch, wann immer sich die Möglichkeit bot.

Wieder wandte Charlotte den Blick ihrer Großmutter zu und sofort stiegen ihr Tränen in die Augen. Sie hätte mit ihr gehen sollen. Der Unfall war ihre Schuld. Sie hatte abgelehnt, weil sie sich auf den Besuch von Hendrick Worthington gefreut hatte, aber er hätte die paar Minuten auch auf sie warten können.

Sie verbarg ihr Gesicht in ihren Händen und schluchzte leise vor sich hin.

Charlotte erschrak fast zu Tode, als sie plötzlich neben sich die tiefe Stimme von Hendrick Worthington vernahm. Schnell wischte sie sich die verräterischen Tränen ab und schluckte.

„Lady Charlotte, Ihr solltet Euch jetzt auch etwas ausruhen. Ich kann eine Weile bei Eurer Großmutter bleiben."

Die junge Frau schüttelte nur ihren Kopf. Sie konnte jetzt nicht schlafen.

„Herr Worthington, Ihr solltet nicht hier sein. Was, wenn uns die Angestellten hier ganz alleine im Raum entdecken?"

„Eure Großmutter befindet sich ebenfalls im Raum, auch wenn sie zurzeit nicht wach ist und die Diener schlafen alle. Bitte erlaubt mir, bei Euch zu bleiben. Vielleicht fühlt Ihr Euch besser, wenn Ihr über Euren Herzschmerz redet."

Charlotte sah zu ihm auf und bemerkte, wie nahe er ihr war. Seine Augen blickten sie teilnahmsvoll an und sie spürte, wie sehr er sich wünschte, ihr helfen zu können. Seine Nähe machte sie nervös und ihr Herz begann wie wild zu pochen, wenn sie sich doch nur nicht so zu ihm hingezogen fühlen würde.

„Ich weiß nicht, von welchem Herzschmerz Ihr redet."

Hendrick hockte sich vor sie hin, nahm ihre Hände in seine und studierte ihr hübsches Gesicht. Charlotte konnte nicht mehr klar denken, auch das Atmen war auf einmal so kompliziert. Warum musste dieser Mann nur so unglaublich gut aussehen?

„Irgendetwas bedrückt Euch. Ich habe die Tränen gesehen. Bitte lasst mich Euch helfen."

Charlotte musste schwer schlucken. „Ihr habt bereits so viel für uns getan. Der Mediziner ist hier und kann meiner Großmutter trotz des Sturmes helfen, weil Ihr ihn geholt habt."

„Sorgt Ihr Euch, dass die Gräfin sich nicht erholen wird?" Die junge Frau schüttelte nur ihren Kopf. „Hätte ich Eure Großmutter zwingen sollen, mich auf ihren Spaziergang mitzunehmen?"

„Nein", brach es plötzlich aus Charlotte heraus; ihre Stimme war voller Emotionen. „Ich hätte mit ihr mitgehen sollen. Dies ist alles meine Schuld. Großmama bat mich mitzukommen, aber ich lehnte es ab, weil wir Euch erwarteten und ich meinen Fuß schonen wollte. Ich habe meine Großmutter versucht zu überzeugen, nicht nach draußen zu gehen, aber sie hörte nicht. Ich habe ihr angeboten, eines der Dienstmädchen oder Eliza zu holen, aber das wollte sie auch nicht. Anstatt ihr eine Ausrede zu geben, hätte ich einfach das tun sollen, worum sie mich gebeten hat."

Charlotte kämpfte mit den Tränen und versuchte ihre Gefühle zu unterdrücken, konnte es aber nicht.

Sie senkte ihren Kopf, um ihre Tränen vor ihm zu verstecken, doch er hob sachte ihr Kinn und blickte tief in ihre Augen.

„Charlotte", sagte er leise und seine sanfte Berührung verursachte ein aufgeregtes Kribbeln in ihrem Bauch. Ihr stockte der Atem. Charlotte war bewusst, dass sie ihn hätte rügen sollen, weil er nur ihren Vornamen benutzt hatte, aber sie hatte in dem Augenblick nicht die Geduld, sich um die Regeln der Gesellschaft Gedanken zu machen.

„Ihr seht das ganz falsch. Der Unfall war gewiss nicht Eure Schuld. Unglücksfälle passieren nun einmal. Eure Großmutter kann froh sein, dass es so dicht am Haus passiert ist und wir in der Nähe waren. Die Gräfin hat diese Spaziergänge doch sicher öfter gemacht und auch wenn niemand, außer vielleicht die Angestellten, im Haus war?"

Charlotte nickte.

„Es hätte in solchen Zeiten passieren können. Die Dienstboten haben immer viel zu tun und hätten die Gräfin sicherlich nicht sehr schnell gefunden. Wir können dankbar sein, dass es passiert ist, als Lady Blackwoods Enkeltochter zu Besuch war. Denkt Ihr nicht, dass das ein großer Segen war. Gott hatte offenbar seine Hand im Spiel, damit es so glimpflich wie möglich ausging."

Charlotte blickte dem jungen Mann in die Augen, sah ihn aber nicht wirklich. Sie dachte nach. Er hatte recht. Es war ein Segen und Gottes Fügung, dass der Unfall nicht zu einer anderen Zeit passiert ist.

„Es gibt keine Zufälle. Alles, was im Leben passiert, hat einen bestimmten Grund. Herausforderungen und Schwierigkeiten können uns zu unserer absoluten Grenze bringen, aber diese Dinge helfen uns auch zu wachsen und davon zu lernen." Hendrick lächelte ihr aufmunternd zu.

„Wir wissen nicht, warum Eure Großmutter diesen Fall haben musste, aber ich bin sicher, dass es einen Grund dafür gab. Vielleicht soll es uns lehren, dass wir vorsichtiger sein sollten. Vielleicht sollte es Eure Großmutter daran erinnern, dass sie nicht mehr so jung ist und dass etwas passieren kann, egal wie sicher wir uns fühlen, oder wir denken, dass schon nichts geschehen wird. Es könnte auch einfach eine Lektion sein, damit wir uns daran erinnern, dass wir nicht über alles Kontrolle haben und manchmal Dinge passieren, die wir nicht verhindern können."

Charlotte spürte die Ernsthaftigkeit seiner Worte und fühlte sich schon ein wenig besser. Sie war Hendrick dankbar, dass er sich die Zeit genommen hatte, sie anzuhören und zu trösten.

Sie lächelte ihm gerührt zu und er lehnte sich automatisch dichter, ohne zu überlegen, was er da tat. Ihr Lächeln hielt ihn gebannt, er verlor sich in ihren strahlenden Augen.

„Vielleicht sollte es auch so sein, damit wir mehr Zeit miteinander verbringen können", flüsterte er, bevor er ihren Kopf zu sich heranzog und im nächsten Moment auch schon seine Lippen auf ihren Mund presste.

Charlotte blieb das Herz stehen und im nächsten Augenblick klopfte es so schnell, dass sie Angst hatte, es würde ihr aus dem Brustkorb springen.

Tausende von Schmetterlingen starteten ihre ersten Flugversuche gerade jetzt in ihrem Bauch und eine unkontrollierbare Wärme stieg in ihre Wangen. Wie sehr sie sich danach sehnte, ihn mit der gleichen zärtlichen Leidenschaft zurückzuküssen, aber das ging nicht.

Sie konnte ihren Gefühlen nicht nachgeben. Als er sich zurücklehnte, war Charlotte atemlos. Sie brauchte einen Moment, um sich zu sammeln.

„Herr Worthington, Ihr solltet nicht hier sein. Ihr dürft mich nicht küssen. Wir sind nicht verlobt."

„Ich hatte gehofft, dass ein Kuss uns einer Verlobung näher bringen würde." Er lächelte ihr keck zu und sie konnte es nicht verhindern, dass auch auf ihren Lippen ein amüsiertes Lächeln erschien. Sie wurde aber gleich wieder ernst.

„Vergebt mir, aber eine Verbindung zwischen uns ist unmöglich. Mein Vater würde es nie erlauben."

„Warum würde Euer Vater es nicht erlauben? Denkt Ihr nicht, dass ich mich mit meinem Charme auch in sein Herz stehlen kann?" Er grinste ihr schelmisch zu und sie musste sich auf die Zunge beißen, um nicht loszulachen. Seine freche und dennoch charmante Art war etwas, das sie besonders an ihm mochte.

Obwohl er keine Zeit verschwendete, um ihr deutlich zu machen, was er für sie empfand und sie schon nach so kurzer Zeit küsste, hatte sie nicht den Eindruck, dass er ein Wüstling war oder die Situation ausnutzen wollte. Nein, seine Gefühle ihr gegenüber waren echt ... aber ihr Vater!

Ihr Herz brach, als sie an den Mann dachte, der Kontrolle darüber hatte, wen sie heiraten würde. Als Hendrick wieder versuchte, sie an sich heranzuziehen, schob sie ihn von sich, Kummer und Verzweiflung spiegelten sich in ihrem Angesicht wider.

„Wir müssen das zwischen uns jetzt beenden. Ich hätte Euch niemals erlauben dürfen, Eure Besuche fortzusetzen. Es gibt keine

Zukunft für uns." Charlotte sprang auf und wollte davon humpeln, aber Hendrick zog sie in seine Arme. „Lasst mich gehen, ich möchte Euch nicht wehtun."

„Charlotte", flüsterte er und hob ihr Kinn höher, damit er in ihre Augen sehen konnte. „Warum denkt Ihr, dass Euer Vater eine Beziehung zwischen uns nicht erlauben würde? Ihr fühlt genauso wie ich. Ich habe es in Euren Augen gesehen. Ich kann es sehen, wenn Ihr errötet. Ja, wir handeln sehr schnell, aber ich bin der festen Überzeugung, dass Gott uns zueinander geführt hat. Ich liebe Euch und Ihr liebt mich auch."

„Nein, das tue ich nicht", stammelte sie und schlug die Augen nieder. „Ich habe nicht die gleichen Gefühle für Euch. Ich mag Euch, aber ich liebe Euch nicht."

„Und warum schaut Ihr mir dann nicht in die Augen? Warum fürchtet Ihr Euch so sehr vor Euren Gefühlen?"

„Ich habe keine Angst vor meinen Gefühlen." Charlotte wollte sich von ihm losmachen, aber er hielt sie fest in seinen Armen. Mit ihrem verstauchten Fuß würde sie sowieso nicht sehr weit kommen.

„Habt Ihr nicht? Dann würdet Ihr also ja sagen, wenn ich Euch um Eure Hand bitte?" Er beobachtete sie genau, aber sie senkte den Kopf, als erneut Tränen in ihre Augen schossen.

„Nein."

„Und warum nicht?", bohrte er nach, aber in dem Augenblick war es mit ihrer Selbstbeherrschung vorbei.

Sie begann zu schluchzen und wollte sich von ihm losreißen, aber er zog sie noch fester in seine muskulösen Arme.

„Ich kann Euch nicht heiraten", flüsterte sie, während sie krampfhaft versuchte, ihre Tränen zu unterdrücken.

VEREINTE HERZEN ZU WEIHNACHTEN

„Unsere gesellschaftlichen Kreise sind zu verschieden. Mein Vater ist traditionell und erlaubt mir nicht, jemanden zu heiraten, der gesellschaftlich unter uns steht. Papa wünscht, dass ich mir einen Mann an seiner Stellung und seinem Titel aussuche und nicht daran, wer er ist."

„Und wenn Euer Vater es erlauben würde, würdet Ihr mich heiraten?"

„Herr Worthington ..."

„Hendrick."

„Es ergibt keinen Sinn über, *was, wäre, wenn,* zu diskutieren. Mein Vater wird in dem Fall niemals nachgeben."

Der junge Mann hob ihr Kinn wieder an und zwang sie, ihn anzusehen. „Wenn Euer Vater einer Verbindung zwischen uns zustimmen würde, würdet Ihr mich heiraten?" Er blickte sie erwartungsvoll an.

Charlotte sah ihm gerade in die atemberaubenden blauen Augen und ihr Widerstand schmolz dahin.

„Ja, das würde ich", antwortete sie und sein strahlendes Lächeln wärmte ihr das Herz.

Bevor Charlotte noch etwas erwidern konnte, fanden seine Lippen die ihren. Sein Kuss war intensiv, aber zärtlich. Als er seinen Kopf zurückzog, blickte er sie mit so großer Liebe und Zuneigung an, dass ihr Herz dahinschmolz.

„Ich werde Euch beim Wort nehmen und mich daran erinnern, wenn ich Euch offiziell um Eure Hand bitte", bemerkte er mit einem breiten Grinsen und beobachtete, wie ihre erhitzten Wangen noch roter wurden.

„Um Euch die Sorge zu nehmen, Euer Vater wird mich als zukünftiger Schwiegersohn akzeptieren. Ich bin nicht der, für den ich mich ausgegeben habe. Lady Charlotte Woodridge, gestattet mir, mich nun offiziell vorzustellen. Mein Name ist Lord Hendrick Worthington. Herzog Worthington von Monmouthshire!"

Kapitel 4

Charlotte öffnete die Augen und versuchte, ihr unregelmäßiges Atmen zu kontrollieren. Was war geschehen? Wo war sie? Hatte Hendrick Worthington ihr gesagt, dass er sie liebte? Hatte er sie geküsst, oder war alles nur ein Traum?

Sie blickte sich um und bemerkte, dass sie auf einer Polsterbank neben ihrer Großmutter lag. Hatte sie nicht vorhin noch am Fenster gesessen? Es war, als ob sie einen Teil ihrer Erinnerung vermisste.

In ihrem Kopf drehte sich alles und so schloss sie wieder die Augen. Als sie einige Momente später aufblickte, war der Schwindel ein kleines bisschen besser. Sie setzte sich auf. Charlotte hörte, wie sich die Tür öffnete, in dem Augenblick, wo sich ihre Großmutter bewegte.

„Charlotte", murmelte die alte Dame, ohne die Augen zu öffnen. Die junge Frau sprang sofort auf, um zu ihrer Seite zu eilen, doch das schnelle Aufstehen machte den Schwindel viel schlimmer. Dunkelheit begann Charlotte zu umhüllen wie eine Wand, die auf sie zukam.

Sie versuchte, sich an etwas festzuhalten, um ihren Kreislauf zu stabilisieren, aber sie griff ins Nichts. Sie sackte zusammen. Bevor die Dunkelheit sie komplett einnahm, spürte sie noch, wie zwei starke Arme sie umfassten. Dann wurde ihr schwarz vor Augen.

Als Charlotte wieder zu sich kam, versuchte sie ihre Augen zu öffnen, aber das grelle Licht um sie herum machte das unmöglich. Sie blieb still liegen und versuchte zu hören, wer sich alles im Raum aufhielt, aber sie war noch zu benebelt, um die Stimmen zu erkennen.

Sie hörte ihre Großmutter wieder ihren Namen murmeln und zwang sich, die Augen zu öffnen. Die junge Frau wollte sich erheben, wurde aber von zwei starken Händen zurückgehalten. Die beruhigende Stimme von Eliza brachte sie in die Realität zurück.

„Lady Charlotte, bitte bleibt noch liegen. Ihr seid noch nicht stabil genug, um aufzustehen."

Charlotte schloss wieder die Augen, damit der Schwindel etwas nachließ. „Was ist passiert?"

„Ihr habt zweimal das Bewusstsein verloren", hörte sie die wohlbekannte tiefe Stimme hinter sich und Charlotte zuckte zusammen, als sie sich an die verwirrenden Gedanken von vorher erinnerte. Herr Worthington war im Zimmer. Hatte sie alles nur geträumt? Was entsprach der Realität?

„Warum bin ich ohnmächtig geworden?"

„Beim ersten Mal hatte Eure Großmutter Euren Namen gerufen. Ihr seid zu ihr geeilt, aber sie war noch nicht wirklich wach. Die Wunde hatte wieder angefangen zu bluten und als Ihr das Blut gesehen habt, seid Ihr einfach zusammengebrochen. Ich konnte Euch gerade noch auffangen, bevor Ihr Euch vielleicht noch verletzt hättet. Ich habe Euch auf die Polsterbank gelegt und bin sofort aus dem Zimmer geeilt, um den Arzt zu holen. Wir kamen in dem Augenblick zurück, wo die Gräfin wieder Euren

Namen murmelte. Ihr seid aufgesprungen und wurdet wieder ohnmächtig."

Sie erinnerte sich an die muskulösen Arme, die sie umfangen hatten, und das Herz klopfte ihr bis zum Hals. Sie konnte kaum die Frage stellen, die sie gerade beschäftigte.

„Wer fing mich auf?"

„Ich, Lady Charlotte."

Charlotte hielt den Atem an. So verwirrend das alles auch schien, von seinen Armen gehalten zu werden, war durchaus Teil ihrer Erinnerung und ihr Puls wurde automatisch schneller.

Henriette Blackwood rief noch einmal nach ihrer Enkeltochter und dieses Mal weigerte sich Charlotte liegenzubleiben. Eliza und Hendrick ließen sie aber nicht aus den Augen und waren bereit, jederzeit einzugreifen. Charlotte setzte sich neben ihre Großmutter und nahm ihre Hand.

„Ich bin hier, Großmama. Wie fühlst du dich?"

„Ich bin mir nicht ganz sicher. Ich kann mich an nichts mehr erinnern, was, nachdem ich das Haus verlassen habe, passiert ist. Was ist mit mir geschehen?"

„Du bist zu deinem Spaziergang aufgebrochen und kurz darauf fing es an zu regnen. Bevor du die Möglichkeit hattest, dir Schutz zu suchen, wurde der Regen zu einer Sturmflut. Du hast dich beeilt und wolltest ins Haus zurückkehren, bist aber ausgerutscht und unglücklich gefallen. Dein Kopf schlug gegen den großen Stein, der direkt neben dem Weg liegt."

„Wo ist dein Großvater?"

„Er ist noch in der Stadt. Der schwere Regen hat den Fluss überflutet und die Holzbrücken, die zu eurem Anwesen führten, weggespült."

„Wird der Graf heute noch zurückkommen können?", fragte die alte Dame schwach und Charlotte blickte Hilfe suchend zu Hendrick, damit er das Gespräch übernehmen konnte. Er drückte ihre Hand.

„Nein, Gräfin Blackwood. Der Regen hat sich in einen heftigen Schneesturm verwandelt. Der Graf wird vermutlich für ein paar Tage in der Stadt bleiben müssen, bevor die Wetterverhältnisse eine Rückkehr zulassen."

„Danke." Die alte Dame schloss wieder ihre Augen.

„Wird sie sich erholen?" Charlotte blickte den Arzt an und er nickte ihr mit einem Lächeln zu.

„Ja, das wird sie, Lady Charlotte. Ich werde bei der Gräfin bleiben. Bitte ruht Euch jetzt auch aus. Eliza kann Euch zu Eurer Schlafkammer geleiten."

Charlotte nickte, erhob sich und ging langsam zur Tür. Sie sah noch einmal zurück, als sie den Blick von Hendrick Worthington auf ihrem Rücken fühlte. Er lächelte ihr aufmunternd zu.

Charlotte schlief den ganzen Tag und stand erst zum Abendessen wieder auf. Die Sorge um ihre Großmutter und die dreifache Bewusstlosigkeit hatte sie vollkommen erschöpft und ihr Körper brauchte den Schlaf.

Sie wusste, dass die Gräfin durch die Anwesenheit des Mediziners gut versorgt war und Eliza hatte ebenfalls versprochen, nach der alten Dame zu sehen.

Nachdem Charlotte aufgestanden war, half ihre Zofe ihr, sich anzukleiden und frisierte ihre Haare.

VEREINTE HERZEN ZU WEIHNACHTEN

Als die junge Frau kurz darauf den Salon betrat, saß ihre Großmutter auf dem Sofa und sah schon viel besser aus. Die alte Frau lächelte ihrer Enkelin zu.

„Hattest du einen guten Schlaf, Charlotte? Dr. Mason hat mich informiert, dass dich alles sehr beunruhigt hat und du sogar ohnmächtig geworden bist."

„Mir geht es gut, Großmama. Natürlich habe ich mich sehr um dich gesorgt, aber ich bin erleichtert, dass es am Ende doch gut ausgegangen ist."

„Es war ein Segen, dass dieser junge Mann gerade bei uns war." Henriette lächelte Hendrick zu und er drückte ihre Hand.

„Ja, das war es." Charlotte errötete, als sie Hendricks Blick auf sich spürte. Sie war sich immer noch nicht sicher, ob die Dinge der vorherigen Nacht wirklich passiert waren oder ob ihre Fantasie mit ihr durchgegangen war.

Ihr Herz schlug schneller, als sie an den Moment dachte, wo er ihr Gesicht zu sich gezogen hatte, um sie zu küssen. Aber hatte er sie wirklich geküsst? Ihre ohnehin schon roten Wangen glühten, als ihr bewusst wurde, dass sie ihn das unmöglich fragen konnte, ohne vorher aus Scham zu sterben.

Die Dienstmädchen servierten das Abendessen an diesem Abend im Salon, damit die Gräfin auch dabei sein konnte. Obwohl sie auf dem Wege der Besserung war und sich sichtlich wohler fühlte, wollte der Arzt nicht, dass sie sich zu viel bewegte.

Es wurde ein angenehmer Abend, auch wenn die Anwesenheit der beiden alleinstehenden Herren nicht unbedingt angemessen war, zumal auch der Hausherr fort war. Sie mussten aber das Beste aus der Situation machen.

Der Schneesturm hatte nicht im Geringsten abgelassen. Der Garten und der Park hatten sich in ein Winter-Wunderland verwandelt. Es war bildschön, aber leider bedeutete das auch, dass die armen Pferde bis auf unbestimmte Zeit Hausarrest, genauer gesagt Stallarrest hatten.

Zwei, der Stallburschen, sorgten dafür, dass die Eingänge zum Stall vom Schnee immer freigeschaufelt waren, damit man die Tiere von den Unterkünften der Angestellten erreichen konnte.

Dadurch, dass der Graf nicht anwesend war und nicht einmal der Butler oder Gustav Martin auf dem Anwesen verweilten, bat Charlotte ihre Zofe an allem teilzunehmen, damit der gesellschaftliche Anstand wenigstens etwas eingehalten wurde.

Eliza war zuerst sehr zurückhaltend, denn sie war nur ein Kammermädchen, aber Charlotte hatte sie noch nie nur als eine Angestellte gesehen. Eliza war wie eine Schwester für sie oder mindestens wie eine wirklich liebe Freundin.

Henriette Blackwood war rege und aufmerksam und fühlte sich mittlerweile wieder ganz wohl. Natürlich waren der Arzt und Hendrick Worthington Ehrenmänner, aber die spitzen Zungen des Hochadels konnten sehr ungehörig und bissig werden.

Nachdem das Abendessen beendet war, schlug Henriette vor, sich mit einem Kartenspiel die Zeit zu vertreiben, und die anderen stimmten zu. Es wurde ein netter, amüsanter Abend und die drei Frauen waren sich einig, dass die beiden Herren doch sehr charmant und unterhaltsam waren.

Charlotte spürte Hendricks Augen häufig auf sich ruhen und das machte sie nervös. Die junge Frau wusste, dass sobald sich ihre Großmutter zurückziehen wollte, auch sie sich in ihre Schlafkammer begeben musste.

Sie spielten zwei Runden Karten, bevor Henriette darum bat, sich entschuldigen zu dürfen. Sie wünschten sich alle gegenseitig eine gute Nacht. Charlotte und Eliza halfen der Gräfin die Treppen rauf und begleiteten sie in ihr Zimmer.

Die Dienstmädchen hatten bereits in allen Schlafkammern ein Kaminfeuer gemacht und somit war es warm und angenehm. Die Kammerfrau der Gräfin half der alten Dame, sich fürs Bett zurechtzumachen und somit verschwand Charlotte in ihr eigenes Zimmer.

Es war noch relativ früh und Charlotte fühlte sich auch nicht müde, da sie ja fast den ganzen Tag geschlafen hatte.

Eliza hatte sich in ihre eigene Kammer zurückgezogen, um ihrer Familie zu schreiben und wieder einmal etwas lesen zu können. Sie war eine begeisterte Leserin und hochbeglückt, als sie die große Bücherei des Grafen sah.

Charlotte entschloss sich noch ein bisschen an die frische Luft zu gehen. Die Diener hatten dafür gesorgt, dass die Türen nicht vom Schnee zugeschüttet waren und somit zog sie sich ihren warmen Wintermantel über, nahm sich zwei Decken und eine Laterne und öffnete die Tür zum Garten.

Es schneite immer noch, aber der Schnee sorgte dafür, dass es draußen trotz der Dunkelheit etwas heller war. Der Mond guckte immer mal wieder durch die Wolken. Die Veranda war mit einem Dach versehen und schützte die Sitzecke vor Schneeflocken oder Regen.

Charlotte nahm auf einem Stuhl Platz, der nicht nur mit einem dicken warmen Kissen versehen, sondern auch noch mit einem Fell bedeckt war. Sie stellte die Laterne auf dem kleinen Tisch vor sich ab und wickelte sich in die Decken, bevor sie sich setzte.

Als sie gerade die klare kalte Winterluft einatmete, bemerkte sie, wie sich neben dem Haus ein Schatten bewegte. Vor Schreck blieb ihr das Herz stehen und sie konnte nur mit Mühe einen Schrei unterdrücken. Sie beobachtete, wie dieser Schatten näher kam. Hendrick Worthington!

„Habe ich Euch überrascht, Lady Charlotte?", fragte er mit einem breiten Grinsen auf dem Gesicht und setzte sich auf den Stuhl neben sie.

„Überrascht? Ihr habt mich erschreckt. Ich dachte, ich wäre hier draußen ganz alleine." Ihre Augen waren noch immer weit aufgerissen und sie versuchte krampfhaft gleichmäßig zu atmen. Er blickte sie entzückt an, konnte ein erneutes Grinsen aber nicht unterdrücken.

„Ich hatte gehofft, hier auf Euch zu stoßen."

„Ach wirklich? Und Ihr dachtet, es wäre eine gute Idee, sich zu verstecken und mich zu Tode zu erschrecken? Woher wusstet Ihr überhaupt, dass ich in den Garten kommen würde?" Sie zog eine Augenbraue hoch und versuchte ihn streng anzusehen, aber ihre Lippen zuckten verräterisch, als sie sich bemühte, nicht zu lächeln.

„Ich habe es angenommen. Ich wusste, dass Ihr ohne Eure Großmutter nicht alleine im Salon bleiben konntet und da Ihr ja während des Tages geschlafen habt, dachte ich mir, dass Ihr wohl auch noch nicht müde sein konntet. Ihr liebt die Natur und somit habe ich vermutet, dass es Euch nach draußen ziehen würden, anstatt in Eurer Schlafkammer eingesperrt zu sein."

„Denkt Ihr, es ist weise, alleine mit mir gesehen zu werden? Die Angestellten könnten auf falsche Ideen kommen." Sie sah ihn ernst an, aber er konnte einen verschmitzten Ton in ihrer Stimme erkennen.

„Vielleicht möchte ich ja, dass die Diener auf falsche Ideen kommen. Da ich bald um Eure Hand anhalten möchte, muss ich dafür sorgen, dass wir einander oft genug begegnen, damit Ihr Euch hoffnungslos in mich verliebt."

Charlotte war feuerrot im Gesicht. Sie wollte gerade etwas erwidern, als sie ein fiepsendes Geräusch vernahm und ihr im nächsten Moment auch schon etwas über den Fuß lief.

Entsetzt sprang sie auf, hielt sich den Mund zu, um den angewiderten Angstschrei zu unterdrücken und sprang mit einem Satz auf ihren Stuhl.

Die Decken, die um sie gewickelt waren, waren an ihrem Körper heruntergerutscht, aber wegen der hektischen Bewegungen hatten sich ihre Beine in den Decken verfangen und sie kam mit dem Stuhl ins Kippen.

Charlotte verlor das Gleichgewicht, aber Hendrick war wieder einmal zur Stelle und fing sie auf, bevor sie auf den Boden stürzen konnte.

Der Schock saß tief. Sie wollte Hendrick gerade bitten, sie wieder auf dem Boden abzusetzen, als sie das verdächtige Fiepsen hörte und zwei weitere Ratten über die Veranda rennen sah.

Ohne zu überlegen, warf sie ihre Arme um den Hals des jungen Mannes, um sicherzugehen, dass er sie auf keinen Fall den Nagetieren aussetzen würde.

Ein schelmisches Grinsen machte sich auf seinem Gesicht breit. „Was denkt Ihr, Lady Charlotte, sollen wir morgen Nachmittag heiraten? Ich denke, dass wir nun vertraut genug miteinander sind. Der Adel würde aus allen Wolken fallen, wenn sie herausfänden, dass ich Euch nicht nur schon zweimal geküsst, sondern auch mehrmals in den Armen gehalten habe, und das nach sehr kurzer Bekanntschaft."

Falls Charlotte dachte, dass ihr Gesicht bisher mit Verlegenheit geglüht hatte, war sie jetzt gewiss ein heller Stern in der Nachtluft. Sie konnte es einfach nicht fassen, wie selbstbewusst er sie neckte. Es war, als würden sie sich von klein auf kennen und seit Kindheit miteinander befreundet sein.

Ihre Verlegenheit verwandelte sich aber schnell in Dankbarkeit, als ihr bewusst wurde, dass Hendrick ohne es zu merken ihre Verwirrung beseitigt und ihre Fragen beantwortet hatte. Er hatte sie also in der Nacht geküsst. Bedeutete das auch, dass er ein Herzog war?

„Nun, was sagt Ihr, Lady Charlotte? Sollen wir die Etikette und Schicklichkeit der Gesellschaft ignorieren und bekannt geben, dass ich Euch mit einem Kuss kompromittiert habe, obwohl wir nicht verlobt waren und ich Euch nun heiraten muss? Selbstverständlich werde ich alle Schuld auf mich nehmen, denn ich möchte ja Euren Ruf nicht infrage stellen. Ich würde aber so weit gehen, einen Diener zu bezahlen, diese Ungehörigkeiten zu verbreiten. Dadurch hat Euer Vater keine andere Wahl, als unserer ehrlosen Verlobung seinen Segen zu geben", neckte er sie und seine Augen blinzelten ihr spitzbübisch zu.

VEREINTE HERZEN ZU WEIHNACHTEN

Zuerst machte seine Dreistigkeit Charlotte sprachlos, aber als sie sein schelmisches Grinsen bemerkte, hätte sie fast losgelacht.

„Ihr scheint sehr von Euch eingenommen zu sein, Lord Worthington. Habt Ihr einmal darüber nachgedacht, dass ich so einen frechen jungen Mann vielleicht gar nicht heiraten möchte? Möglicherweise verdient Ihr meine Zuneigung nicht."

Er setzte sie vorsichtig auf ihrem Stuhl ab und sah ihr tief in die Augen. „Diese Gedanken sind mir durchaus gekommen, aber ich bin zu der Überzeugung gelangt, dass es seine Zwecke verfehlen würde, wenn ich Euch das vorenthalte, was Euch an mir am meisten gefällt. Wir wissen doch beide, dass Ihr meinen Humor und meine Scharfsinnigkeit am attraktivsten findet."

Charlotte schlief mit einem Lächeln auf den Lippen ein. Hendrick war nicht arrogant, aber er liebte es, sie in spielerische Wortgefechte zu verwickeln oder sie einfach nur zu necken. Sie konnte es nun nicht länger leugnen. Sie hatte sich Hals über Kopf in den jungen Mann verliebt und würde gegen diese Gefühle auch nicht länger ankämpfen.

Da Hendrick ein Herzog war, musste ihr Vater diese Verbindung erlauben. Sie sah nun alles als Segen. Gottes Plan für sie schloss den gutaussehenden Hendrick Worthington mit ein und sie freute sich auf die gemeinsame Zukunft mit ihm.

Die nächsten paar Tage flogen nur so dahin. Drei Tage nach dem Unfall der Gräfin hörte es auf zu schneien und die Temperatur fiel.

Der Fluss war in kürzester Zeit gefroren und die kleine Stadt sorgte dafür, dass die Brücken mit langen, dicken Brettern ersetzt wurden, damit Pferde und Kutschen den Fluss wieder überqueren konnten.

Die Tischler fingen an, neue Brücken zu bauen, aber das dauerte natürlich seine Zeit und somit waren die Bretter fürs Erste eine gute Lösung.

Charlotte war dankbar, als ihr Großvater, der Butler und Gustav Martin, auf das Anwesen zurückkehrten. Ihre Großmutter sah sehr viel besser aus und der Mediziner und Hendrick Worthington kehrten zu ihren eigenen Heimen zurück.

Sosehr es Charlotte auch liebte, dass Normalität im Hause ihrer Großeltern einkehrte, vermisste sie schon nach kurzer Zeit den frechen jungen Mann, der ihr Herz gestohlen hatte. Sie hatte sich so an seine Gegenwart, sein Necken und seine beruhigende Art gewöhnt, dass es sich einsam ohne ihn anfühlte. Ihr Herz schlug jedes Mal schneller, sobald sie an ihn dachte und musste dann automatisch lächeln.

Als Charlotte mit ihrer Großmutter eines Nachmittags im Salon saß, stattete der junge Mann ihnen wieder einen Besuch ab. Charlottes Herz setzte für einen Moment aus, als ihn ein Dienstmädchen ankündigte und er den Raum betrat.

Sein Lächeln konnte Eis zum Schmelzen bringen und sie spürte sofort das Kribbeln der Schmetterlinge in ihrem Baum. Sie errötete und war dankbar, dass er ihre Großmutter zuerst begrüßte, damit sie sich etwas sammeln konnte.

„Lord Worthington, was für eine angenehme Überraschung. Bitte setzt Euch."

Charlotte blickte ihn kurz an und sofort zwinkerte er ihr zu. Ihre Wangen begannen zu glühen und Hendrick konnte nicht verhindern, dass sich ein amüsiertes Grinsen auf seinem Gesicht ausbreitete.

„Gräfin Blackwood, ich bin gekommen, um Euch, Eurem Ehemann und Eurer hübschen Enkeltochter eine Einladung zu überbringen. Ich habe meinen Großeltern von der wunderschönen jungen Frau erzählt, die zurzeit unter Eurem Dach wohnt. Sie möchten Lady Charlotte jetzt unbedingt kennenlernen. Würde morgen Abend für Euch akzeptabel sein?"

„Ich denke schon, aber bitte erlaubt mir, mich kurz zu entschuldigen, damit ich mit meinem Mann sprechen kann. Ich möchte sichergehen, dass wir keine anderen Verpflichtungen haben." Henriette erhob sich, lächelte ihrer Enkeltochter zu und verließ den Raum.

Charlotte blickte der alten Dame erschrocken nach. Warum hatte ihre Großmutter einfach das Zimmer verlassen? Sie kannte doch die Etikette und wusste, wie unschicklich es war, ihre unverheiratete Enkeltochter, ohne Anstandsdame, mit einem jungen Mann alleine zu lassen.

Hendrick, schien auf so einen Moment gewartet zu haben. Er stand auf und setzte sich direkt neben die junge Frau.

„Lady Charlotte, habt Ihr mich genauso vermisst wie ich Euch?" Er strahlte sie an und sie schlug die Augen nieder.

„Da ich von Euch in den letzten drei Tagen gar nichts gehört habe, gehe ich davon aus, dass Ihr mich nicht zu sehr vermisst habt", erwiderte sie und zog eine Augenbraue hoch.

„Das hört sich ja ganz so an, als ob Ihr die Stunden zählen würdet, bis wir uns wiedersehen. Ihr habt mich also vermisst."

Charlotte wünschte, sie könnte im Erdboden versinken. Er schaffte es doch immer wieder, sie in Verlegenheit zu bringen. Ihr Gesicht war nun feuerrot und sie wusste schon nicht mehr, wo sie noch hinsehen sollte. Hendrick nahm ihre Verlegenheit sehr wohl zur Kenntnis und beobachtete sie amüsiert. Er lehnte dichter.

„Ich habe Euch schrecklich vermisst", gestand er ihr mit einem Flüstern. Seine tiefe Stimme und Nähe verursachte bei ihr eine Gänsehaut. „Ich kann es kaum erwarten, Euch meinen Großeltern vorzustellen."

Als sie hörten, dass die Gräfin zurückkam, setzte sich Hendrick wieder auf den Stuhl, wo er vorher gesessen hatte, und tat so, als ob er seinen Sitzplatz nie verlassen hatte.

„Wir nehmen Eure Einladung gerne an. Wann wünscht Ihr uns, da zu sein?"

„Das Abendessen wird um sieben Uhr serviert."

„Warum ist die Einladung von Euren Großeltern, Lord Worthington? Werden Eure Eltern nicht auch da sein?" Charlotte blickte ihn fragend an. Henriette legte eine Hand auf den Arm ihrer Enkeltochter und schüttelte unmerklich den Kopf.

„Verzeiht mir", entschuldigte sich die junge Frau sofort. „Ich hatte nicht vor, etwas Unsensibles zu fragen."

Hendrick lächelte ihr beruhigend zu. „Ihr braucht Euch nicht zu entschuldigen und habt gewiss nichts Unsensibles gefragt. Meine Eltern leben nicht mehr. Meine Mutter ist bei der Geburt meiner Schwester gestorben und mein Vater vor neun Jahren, nachdem er sehr krank geworden war. Es war eine lange Krankheit und Kampf. Meine Großeltern waren Großherzog und Großherzog geworden, als mein Vater Herzog wurde, zogen aber wieder ins Schloss zurück als mein Vater starb. Sie übernahmen unsere Erziehung und bereiteten mich auf die Aufgaben eines Herzogs vor." Er lächelte Charlotte zu.

„Meine Schwester, Faith, hat vor zwei Jahren einen wundervollen jungen Mann geheiratet. Er ist kein Adliger, sondern ein normaler Bürger. Meine Großeltern vertreten aber die Einstellung, dass die Liebe nicht darauf achtet, ob eine Verbindung eingegangen werden kann oder es gesellschaftlich in Ordnung ist. Wahre Liebe kann jeden Treffen und nimmt keine Rücksicht darauf, ob jemand einen Titel hat oder nicht." Er schenkte Charlotte ein weiteres Lächeln, dass ihr das Herz höher schlagen ließ.

„Das hört man zur Abwechslung doch gerne. Ist es zu dreist zu fragen, warum Eure Großeltern so empfinden?"

Hendrick schüttelte seinen Kopf. „Das ist überhaupt nicht dreist. Meine Urgroßeltern waren sehr traditionell und standen auf dem Standpunkt, dass eine Frau des Adels nicht das Recht hatte, gesellschaftlich unter sich zu heiraten. Großmutter hatte sich glücklicherweise in meinen Großvater verliebt, aber ihre jüngere Schwester hatte nur Augen für den jungen Mediziner, den die Stadt eingestellt hatte. Meine Urgroßeltern waren damit überhaupt nicht einverstanden. Obwohl er ein ehrenhaftes Gewerbe betrieb und auch von den Adeligen der Gegend geachtet und respektiert wurde, bestanden meine Urgroßeltern darauf, dass er fortgeschickt wurde und die Stadt jemanden anderen einstellte." Er schüttelte gedankenverloren seinen Kopf.

„Es brach meiner Großtante das Herz. Ihr Vater verheiratete sie mit jemandem, den sie nicht liebte und der sie sogar misshandelte. Der Liebeskummer machte sie mutlos und sie wurde krank. Sie wollte keine medizinische Hilfe und traute auch keinem an, dass sie gesundheitliche Probleme hatte. Selbst ihrer Schwester gegenüber verheimlichte sie ihre Krankheit. Es dauerte nicht lange, bevor sie mit dem Tode rang. Sie starb nur ein Jahr, nachdem der junge Arzt fortgeschickt worden war."

Charlotte hatte Tränen in den Augen und musste schwer schlucken. „Das ist furchtbar. Eltern sollten ein Kind niemals so unsagbar leiden lassen." Sie blickte Hendrick an, dachte aber sofort an ihren Vater.

Seine Besessenheit mit Etikette und Tradition ließ ihn vergessen, was wirklich wichtig war. Er war bereit, ihr Glücklichsein zu opfern, nur damit er die lange Linie von Titeln und Traditionen fortsetzen konnte.

„Haben Eure Urgroßeltern von dem Erlebnis gelernt?" Henriette Blackwood war über die tragische Familiengeschichte von Hendrick genauso schockiert wie Charlotte.

„Ja. Nach dem Tod meiner Großtante fanden sie einen Brief, den ihre Tochter kurz nach ihrer Hochzeit geschrieben hatte. Es war ein Brief voller Kummer, gebrochenem Herzen und Schmerz und traf sie mitten ins Herz. Meine Großmutter erzählte mir, dass meine Urgroßeltern nie darüber wegkamen und bis zu ihrem Tode darüber trauerten. Bevor mein Urgroßvater starb, holte er sich das Versprechen von meinen Großeltern und seinen anderen zwei Kindern ein, nicht den Weg der Tradition weiterzugehen, wenn es bedeuten würde, dass ein Herz als Preis herhalten musste. Kein Titel der Welt war es wert, das Leben eines anderen zu zerstören."

Charlotte war ziemlich erschüttert, als der junge Herzog das Anwesen der Blackwoods wenig später verließ. Ihr Herz schmerzte für eine Frau, die sie nie kennengelernt hatte, dennoch konnte sie diese Frau sehr gut verstehen.

Angst zog sich in ihrem Herzen zusammen, als ihr bewusst wurde, dass ihr eigener Vater den Urgroßeltern von Hendrick

Worthington sehr ähnlich war. Sie hoffte, dass vielleicht Hendricks Großvater etwas bei ihrem Vater erreichen konnte.

Kapitel 5

„Lady Charlotte Woodridge, es freut mich unsäglich, Euch endlich kennenzulernen. Unser Enkelsohn hat uns schon so viel von Euch erzählt, dass ich das Gefühl habe, Euch bereits zu kennen."

Großherzog Lord Theodor Worthington verbeugte sich, blickte ihr aber weiterhin in ihre blauen Augen. Charlotte machte einen tiefen Knicks.

„Es ist mir eine Ehre, Eure Bekanntschaft zu machen, Euer Gnaden."

Der alte Mann nahm ihre Hand und zog sie wieder hoch. Er studierte ihr Gesicht und lächelte ihr freundlich zu. Charlotte wurde ganz verlegen und schlug die Augen nieder.

„Sieh dir diese junge Dame an, Eleanore", bemerkte Theodor und grinste seiner Frau zu. „Hendrick hat kein bisschen übertrieben. Sie ist wunderschön und absolut charmant."

Charlotte fühlte, wie ihre Wangen sich erwärmten. Diese kecke Direktheit, die Hendrick an den Tag legte, war offenbar ein Charakterzug aller männlichen Mitglieder des Hauses Worthington.

„Theodor, nun mach das arme Mädchen nicht so verlegen. Unser Enkel wird ihr sicherlich genug zu setzen und sie ständig necken. Sie braucht das nicht auch noch von dir."

VEREINTE HERZEN ZU WEIHNACHTEN

Die Großherzogin gab Charlotte ein warmes Lächeln und die junge Frau wollte gerade wieder einen Knicks machen, als die alte Dame sie in ihre Arme zog.

„Charlotte, eine Umarmung genügt. Solange wir unter uns sind, braucht Ihr Euch um solche Formalitäten keine Gedanken zu machen."

„Danke, dass Ihr uns so warm willkommen heißt, Großherzogin."

„Hübsche junge Damen wie Euch willkommen zu heißen ist uns eine Ehre", mischte sich Theodor in das Gespräch ein und zwinkerte Charlotte zu.

„Hendrick ist endlich daran interessiert, eine Bindung mit jemandem einzugehen und das macht uns glücklich. Wie man sieht, hat er auch ausgesprochen guten Geschmack, ganz wie sein alter Großvater."

Theodor grinste seine Frau verschmitzt an und sie schüttelte nur lächelnd ihren Kopf. Charlottes Gesicht war nun so rot wie eine Tomate. Eleanore Worthington zog die junge Frau neben sich.

„Du bist unmöglich, Theodor. Merkst du nicht, wie verlegen du sie machst? Warum musst du dieser jungen Frau so zusetzen?"

„Bei manchen Menschen weiß man sofort, ob man sich erlauben kann, weniger ernst zu sein. Ich glaube, Hendrick hat schon erkannt, dass Charlotte gut in unsere Familie passen würde."

„Verzeiht mir, Charlotte. Ich hätte Euch vor meinem Mann warnen sollen", erwiderte Eleanore und verdrehte die Augen.

„Macht Euch keine Sorgen, Großherzogin. Nun weiß ich wenigstens, von wem Euer Enkelsohn diese kecke Direktheit hat", antwortete Charlotte trocken und der Großherzog ließ ein herzliches Lachen ertönen.

„Hendrick, bitte heirate dieses Mädchen so schnell wie möglich. Du hast meinen Segen. Sie weiß, sich zur Wehr zu setzen und das brauchen wir in unserer Familie."

Charlotte und ihre Großeltern genossen die Zeit mit den Worthingtons. Die junge Frau war beeindruckt, wie einfach es war, sich mit ihnen zu unterhalten. Sie waren weder eingebildet noch eitel, ganz im Gegenteil, sie waren charmant und angenehme Gastgeber.

Charlottes Herz machte einen glücklichen Satz, als sie daran dachte, wie sehr sich ihr Leben dank Hendrick und seinen Großeltern nun verändern würde. Ihre Zukunft sah wieder rosig aus.

Die Gefühle der Angst und Sorge, mit jemandem verheiratet zu werden, der sie nicht glücklich machen würde, waren mit Positivität, freudiger Erwartung und Hoffnung ersetzt worden. Hendrick Worthingtons Titel und Stellung im Leben sollten reichen, um von ihrem Vater die Einwilligung und den Segen zu bekommen, zu heiraten.

Und falls Hendrick es nicht schaffen sollte, Herzog Woodridge zu überzeugen, dass er der richtige Mann für Charlotte war, dann würde der Großherzog sicher ein gutes Wort für sie einlegen können.

Obwohl Graf und Gräfin Blackwood den Großherzog und seine Frau wegen der gesellschaftlichen Unterschiede niemals zu sich eingeladen hatten und sich dadurch auch kaum kannten, sollte sich das nun ändern.

VEREINTE HERZEN ZU WEIHNACHTEN

Die beiden Ehepaare bemerkten schnell, dass sie auf einer Wellenlänge waren und viele gleiche Interessen hatten. Schon nach kurzer Zeit hatte sich eine warme und ehrliche Freundschaft entwickelt. Charlotte freute sich riesig für ihre Großeltern. Sogar ihr Großvater, der von Natur aus ernsthaft und zurückhaltend war, ließ sich von der verschmitzten Art des Großherzogs mitreißen und taute etwas auf.

Während der nächsten zwei Wochen trafen sich die beiden Familien, wann immer ihre gesellschaftlichen Verpflichtungen und Wetterverhältnisse es zuließen. Sie trafen sich, entweder im Schloss der Worthingtons oder auf dem Anwesen der Blackwoods.

Mit zwei alten Ehepaaren Karten zu spielen war eine Freude, die Charlotte wirklich genoss und sie hätte nicht glücklicher sein können. Sie hatte endlich ihren Platz im Leben gefunden, und zwar an der Seite des gut aussehenden Herzogs Hendrick Worthington.

Charlotte konnte sich keine besseren Menschen in ihrem Leben wünschen. Sie fühlte sich geliebt, akzeptiert und geschätzt. Ihr Vater erwartete eine Menge von ihr und deswegen rasselte sie auch regelmäßig mit ihm zusammen, da er ihr kaum Freiraum zum Atmen gab.

Mit ihren und Hendricks Großeltern war alles anders. Sie akzeptierten Charlotte so, wie sie war, und versuchten nicht, ihr ihren Willen aufzuzwingen oder aber sie zu ändern.

Großherzog Worthington lud die Blackwoods, Charlotte und ihre Eltern zum jährlichen ‚Nacht vor Heiligabend' Weihnachtsball ein. Charlotte freute sich darauf. Da ihre Eltern dann auch anwesend sein würden, hoffte sie, dass ihr Vater Hendrick eine faire

Chance geben würde und verstehen lernte, was Glücklichsein für die junge Frau bedeutete.

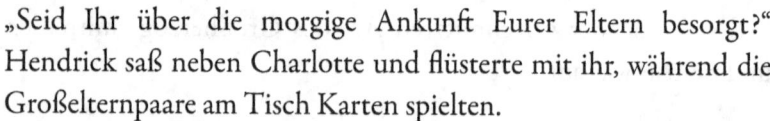

„Seid Ihr über die morgige Ankunft Eurer Eltern besorgt?" Hendrick saß neben Charlotte und flüsterte mit ihr, während die Großelternpaare am Tisch Karten spielten.

„Nicht über ihre Ankunft; ich freue mich darauf, meine Eltern wieder um mich zu haben, aber es macht mich nervös, dass mein Vater Euch kennenlernen wird."

„Warum sorgt Euch das? Glaubt Ihr, dass ich mich nicht benehmen kann und mich wohlerzogen und charmant präsentiere?" Seine Augen leuchteten und er grinste ihr amüsiert zu.

Charlotte konnte ein Lächeln nicht unterdrücken.

„Das ist wahrhaftig eine große Sorge für mich." Sie blickte zu ihm auf und strahlte ihn an. Er lehnte sich dichter.

„Dann werde ich selbstverständlich alles daran setzen, Eure Erwartung nicht zu enttäuschen. Denkt Ihr, dass Euer Vater uns zwingen wird zu heiraten, wenn ich Euch in seiner Gegenwart leidenschaftlich küsse?"

Sie wurde sofort rot im Gesicht, blickte den jungen Mann aber schelmisch an. „Und diese freche, provozierende Bemerkung ist genau das, worüber ich mir Sorgen mache, Lord Worthington. Vielleicht ist es doch keine so gute Idee, Euch meiner Mutter und meinem Vater vorzustellen." Ihre blauen Augen funkelten im Schein der Lampen und ihr Lächeln erwärmte ihm das Herz.

„Ihr seid schrecklich ungerecht", beschwerte sich Hendrick einen Moment später und ließ ein dramatisches Seufzen ertönen.

VEREINTE HERZEN ZU WEIHNACHTEN

„Wie könnt Ihr mich mit so einem charmanten Lächeln quälen? Ich kann nicht einmal dem Verlangen meines Herzens folgen und Euch küssen."

Seine Augen studierten ihr Gesicht und blieben an ihren Lippen hängen. Ihr Bauch fing an, aufgeregt zu kribbeln. Sie liebte diese Neckereien.

„Hilft es Eure Qual zu lindern, wenn ich Euch wissen lasse, dass ich Euer Verlangen mit der gleichen Leidenschaft erwidern würde?"

Obwohl ihre Wangen glühten, warf sie ihm einen provozierenden Seitenblick zu und quittierte das Ganze noch mit einem schelmischen Grinsen.

Hendrick blickte sie einen Moment erschrocken an, bevor sie ein Zucken, um seinen Mund bemerkte und er krampfhaft versuchte nicht loszulachen.

Er kniff gefährlich die Augen zusammen, um seiner Drohung das richtige Aussehen zu geben.

„Dafür werdet Ihr bezahlen, Charlotte", raunte er ihr knurrend zu und ihr Herz blieb für einen Moment stehen, als sie spürte, wie nahe er ihr war. Ihr Puls schlug schneller, als seine Lippen kurz ihre Wange berührten, bevor er sich wieder richtig hinsetzte.

Hendrick blickte ihr tief in die Augen und hielt sie gefangen. Sie war so von ihm gebannt, dass sie vergaß zu atmen.

„Nur die Anwesenheit unserer Großeltern hält mich davon ab, Euch in meine Arme zu ziehen und so zu küssen, wie Ihr es verdient", flüsterte er erneut und Charlottes Wangen brannten wie Feuer. Er grinste.

„Hendrick", hörten sie plötzlich die Stimme des Großherzogs im Hintergrund und Charlotte schrak leicht zusammen, da sie für einen Moment ganz vergessen hatte, dass die Großeltern im Raum waren.

Hendrick und Charlotte brachen den Bann zwischen sich und bemerkten, dass die alten Herrschaften sie mit einem verräterischen Grinsen beobachteten. Die Röte auf Charlottes ohnehin verlegenem Gesicht vertiefte sich.

„Mir ist bewusst, dass du Lady Charlotte unwiderstehlich und attraktiv findest, aber versuche trotzdem deine Neckereien etwas zurückzunehmen. Der Farbe ihres Gesichtes zu urteilen, hat sie die Grenze des Errötens erreicht."

Charlotte glaubte, ihren Ohren nicht zu trauen. Mit welcher Art Familie hatte sie sich da bekannt gemacht? Ihr erhitztes Gesicht strahlte die Röte und Wärme, jetzt auch zu ihrem Hals. Sie wollte nur noch im Erdboden versinken.

Hendrick beobachtete sie einen Moment grinsend, bevor er sich an seinen Großvater wandte.

„Großvater, das war gemein. Sieh sie dir an, du hast ihre Verlegenheit mit deinem Kommentar wesentlich verschlimmert. Ich kann dir versichern, dass sie mich genauso geneckt hat wie ich sie, aber bei mir wurde sie nur im Gesicht rot."

„Jetzt ist es aber genug, ihr zwei", schimpfte Eleanore mit spielerischem Ernst. „Charlotte, bitte begleitet mich auf einen Spaziergang in unserem Garten. Es wird Zeit, Euch von diesen schrecklichen Männern ein wenig zu erlösen. Henriette, möchtet Ihr Euch uns anschließen?"

Die Gräfin nickte und die drei Frauen standen auf und verließen den Raum. Graf Blackwood erhob sich ebenfalls und folgte den Damen.

VEREINTE HERZEN ZU WEIHNACHTEN

Charlotte blickte über ihre Schulter zurück, bereute diese Entscheidung aber in dem Moment, wo sich ihre und Hendricks Blicke trafen und er ihr zuzwinkerte.

„Du bist bedingungslos in sie verliebt, oder?", fragte Theodor, nachdem er sich neben seinen Enkelsohn gesetzt hatte. Der junge Mann nickte.

„Ich habe sofort gespürt, dass sie jemand ganz Besonderes ist. Zwischen uns ist eine unbeschreibliche Verbindung, etwas, was ich vorher noch nie für eine Frau gefühlt habe."

„Nun, Hendrick, deine Großmutter und ich könnten uns nicht mehr für dich freuen. Sie ist ganz sicher die Richtige für dich und ich kann dir nur raten, es so schnell wie möglich offiziell zu machen. Lass sie dir bloß nicht entwischen."

„Das werde ich auf keinen Fall. Ich bin mir nur nicht sicher, wann ich bei ihrem Vater um ihre Hand anhalten kann. Wir sind einander ja noch nicht einmal vorgestellt worden und er kennt mich überhaupt nicht."

„Mach dir darüber keine Sorgen. Da Herzog Woodridge und seine Frau morgen in Monmouthshire ankommen werden, habe ich den Grafen und die Gräfin mit den Woodridges für den darauffolgenden Tag zu uns eingeladen. Somit können wir einander kennenlernen und treffen einander nicht erst zum Ball."

„Danke, Großvater. Ich werde versuchen, mit Herzog Woodridge entweder vor oder während des Balles zu sprechen. Es sei denn, ich habe das Gefühl, es nicht zu tun. Dann können wir die Verlobung am Ende des Abends bekannt geben."

„Vergiss nur nicht, Charlotte zu fragen, ob sie dich heiraten möchte, bevor du die Verlobung verkündest. Ich nehme mal an, dass ihr euch deswegen schon einig seid und auch darüber gesprochen habt, aber um ihre Hand und ihr Herz zu gewinnen, musst du ihr die Möglichkeit geben, ja oder nein zu sagen. Eine Frau möchte nicht nur im Sturm erobert werden, sondern auch das Gefühl haben, alleine entscheiden zu können."

Der Butler hatte kaum die Tür der Kutsche geöffnet, und Lady Johanna Woodridge die Stufen heruntergeholfen, als sich Charlotte ihrer Mutter auch schon in die Arme warf. Die Herzogin drückte sie liebevoll an sich.

„Es tut so gut, dich wiederzusehen, Mama. Ich habe euch vermisst."

„Wir haben dich auch vermisst, Charlotte, und du siehst prächtig aus. Die Zeit bei deinen Großeltern ist dir erstaunlich gut bekommen."

„Oh, das war nicht nur die Zeit bei uns", warf Henriette sogleich ein und lächelte verschmitzt. „Ein gewisser junger Herzog hat sehr viel mehr zu dem Lächeln und dem Leuchten in ihren Augen beigetragen als wir."

Charlotte wurde rot im Gesicht, aber ihre Mutter zwinkerte ihr verschwörerisch zu.

„Das freut mich, Charlotte. Ich kann es kaum erwarten, mehr darüber zu hören und ich möchte alles ganz genau wissen."

Charlotte bemerkte den neugierigen Blick ihres Vaters und das machte sie wieder nervös. Sie war sich nie sicher, was in seinem

Kopf vor sich ging und ob er mit etwas einverstanden oder eher das Gegenteil der Fall war.

„Lasst uns erst einmal ins Haus gehen." Der Graf deutete mit einer einladenden Handbewegung zur Tür und der Rest nickte.

Innerhalb kürzester Zeit befand sich die Familie im Salon und Johanna Woodridge hörte ihrer Tochter zu, wie sie begeistert von dem jungen Herzog schwärmte.

Lady Woodridge hatte ein zufriedenes Lächeln auf den Lippen. Sie hatte ihre Tochter schon lange nicht mehr so aufgeweckt und glücklich gesehen und es machte sie als Mutter einfach nur dankbar.

Johanna und Charlotte guckten immer wieder zum Herzog hinüber, aber er ließ sich nicht in seine Karten blicken. Er hörte ruhig zu, sagte aber nichts.

Charlotte machte das unsicher. Sie war aber dankbar, dass ihre Mutter ihr so begeistert zuhörte. Es war schnell klar, dass die Herzogin den jungen Mann bereits mochte, obwohl sie ihn noch nie getroffen hatte.

„Und wann werden wir diesen charmanten jungen Herzog, der dein Herz in so kurzer Zeit gestohlen hat, kennenlernen?" Johanna drückte die Hand ihrer Tochter und lächelte ihr zu.

„Morgen. Großherzog Worthington hat uns alle auf sein Schloss eingeladen. Er möchte, dass wir uns noch vor dem Ball etwas näher kennenlernen."

„Das hört sich ja sehr danach an, als ob wir ein paar spannende Tage vor uns haben."

Charlotte nickte, sah aber wieder zu ihrem Vater hinüber. Er hatte bisher nur ein paar Worte zur Begrüßung gesagt und das war sehr ungewöhnlich für ihn. Sie mochte seine Schweigsamkeit nicht.

Der Besuch bei den Worthingtons schien gut zu gehen. Charlotte merkte sofort, dass ihre Mutter Hendrick Worthington von Anfang an mochte und sogar ihr Vater schien von ihm angetan zu sein. Ernst Woodridge spielte mehrere Runden Schach mit Hendrick und hatte lange und sehr intensive Gespräche mit ihm.

Charlotte saß bei den Damen, konnte aber nicht umhin, alle zwei Minuten zu den zwei Männern herüberzuschauen. Sie fand es peinlich, wie ihr Vater den jungen Herzog über jedes kleine Detail seines Lebens verhörte. Hendrick schien das allerdings nicht weiter zu stören.

Nach dem Mittagessen entschied sich die gesamte Gesellschaft, einen Spaziergang durch den Park zu machen. Die Dienstboten der Worthingtons waren mit den Ballvorbereitungen schwer beschäftigt und somit brachten die Adeligen etwas Ruhe ins Schloss. Sie wussten alle, dass ihnen die frische Luft und Bewegung guttun würde und somit mussten die Dienstmädchen nicht auch noch ständig Tee und Gebäck servieren.

Die drei älteren Herren gingen voran, dicht gefolgt von ihren Ehefrauen. Charlotte und Hendrick blieben etwas zurück, hielten sich aber immer in der Nähe der anderen auf. Zum ersten Mal an diesem Tag konnten die beiden privat und alleine sprechen.

„Lord Worthington", begann Charlotte und strahlte ihn mit ihrem atemberaubenden Lächeln an. „Es scheint, als ob Ihr das Verhör meines Vaters überlebt hättet."

VEREINTE HERZEN ZU WEIHNACHTEN

„Aber nur knapp", erwiderte er dramatisch und blickte auf sie hinunter.

„Ihr tut mir schon sehr leid und mein Herz schmerzt für Euch", konnte sie sich nicht verkneifen zu sagen und er hörte den neckenden Unterton in ihrer Stimme. „Gibt es irgendetwas, was ich tun kann, damit Ihr Euch etwas besser fühlt?" Charlotte blickte ernst zu ihm auf, aber es war nicht einfach, ihr Grinsen zu verstecken.

Bevor die junge Frau wusste, wie ihr geschah, hatte er sich schon ihre Hand geschnappt und näher gezogen. Ihr blieb vor Schreck fast das Herz stehen.

„Küsst mich", sagte er leise und blickte tief in ihre Augen, während er weiterhin ihre Hand hielt. Sein intensiver Blick beschleunigte ihren Puls.

„Verzeihung?" Ihr Herz schlug ihr bis zum Hals und sie konnte nur noch ein Flüstern herausbringen.

„Küsst mich, Lady Charlotte", wiederholte er und sein Blick wurde weich. Seine Augen glitten über ihr Gesicht und blieben an ihren Lippen hängen. „Das würde mir ganz bestimmt helfen, mich besser zu fühlen."

„Wir sind nicht verlobt, Hendrick." Ihre Augen suchten die seinen und sie hielt seinem Blick stand. Sie hoffte, dass er das Flehen in ihren Augen sah, das ihm zu verstehen geben sollte, sie in diesem Punkt nicht weiter zu bedrängen.

Der Wunsch, ihn zu küssen, war da, aber er hatte nicht nur einmal, sondern zweimal die Grenzen überschritten, als er sie nach dem Unfall ihrer Großmutter geküsst hatte.

Er seufzte, beugte sich zu ihr runter, küsste ihre Stirn und ließ dann ihre Hand wieder los.

„Ihr macht es nicht einfacher."

„Es ist meine Aufgabe, es nicht einfacher zu machen. Einer von uns muss schließlich die Kontrolle behalten. Ein Kuss macht uns vielleicht nichts aus, aber ich weiß nicht, wie mein Vater darauf reagieren würde. Es könnte sein, dass er Euch erschießen möchte." Charlottes humorvolle Worte verfehlten ihre Wirkung nicht und Hendrick lachte laut auf.

„Gehe ich fehl in der Annahme, dass Ihr mich vermissen würdet, falls Euer Vater mich erschießen würde?"

„Vielleicht ein bisschen", erwiderte sie und zog eine Augenbraue hoch, was bei Hendrick ein verschmitztes Grinsen auf die Lippen zauberte.

„Ich möchte meinem Vater auf keinen Fall einen Grund geben, einer Heirat zwischen uns nicht zuzustimmen."

„Seid Ihr noch immer besorgt, dass er uns seine Einwilligung nicht geben wird?" Sein Gesichtsausdruck war nun seriös, in seinen Augen spiegelten sich Beunruhigung und Ernsthaftigkeit wider.

„Ich weiß nicht, was ich denken soll. Mein Vater hat sich in keiner Weise zu Euch und uns geäußert. Er ist ungewöhnlich still und das bereitet mir Unbehagen."

„Vielleicht versucht er nur, die Situation und Entscheidungen abzuwägen und verstehen zu lernen. Vielleicht möchte er sichergehen, dass dies etwas ist, was Ihr auch wirklich möchtet und Euch eine Verbindung zu mir glücklich machen wird."

„Meinen Vater interessieren diese Dinge nicht." Die Worte waren heftiger über ihre Lippen gekommen als sie wollte. Sie klang bitter und ihr Mund verzog sich zu einem Schmollen.

„Papa möchte mich mit allen Mitteln verheiraten und es ist ihm egal, wie ich empfinde. Ihm ist nur wichtig, dass ich weiß, dass er das letzte Wort hat und die Entscheidung treffen wird und nicht ich."

VEREINTE HERZEN ZU WEIHNACHTEN

„Das sind harte Worte, Charlotte. Seid Ihr sicher, dass Ihr gerecht seid?"

„Mein Vater hatte mir bereits einen Ehemann ausgesucht und wollte mich ohne meine Zustimmung mit ihm verheiraten. Der Mann seiner Wahl ist sehr viel älter als ich und erst nachdem ich mich mit Papa angelegt habe, gab er etwas nach und gestattete mir etwas mehr Zeit, um selber jemanden zu finden."

„Seid Ihr deswegen schon früher zu Euren Großeltern gereist?" Er blickte sie fragend an. Seine Augen spiegelten Mitgefühl und Verständnis wider.

„Ja. So zeigt mir mein Vater, dass er mich alleine entscheiden lässt, solange ich mich an seine Bedingungen halte. Anstatt mich nach London zu meinen Geschwistern zu schicken oder mich in Bath zu behalten, verbannte er mich aufs Land am Ende der Welt." Die junge Frau atmete tief durch und versuchte ihr aufgebrachtes Gemüt wieder zu beruhigen.

„Verzeiht mir. Ich hatte nicht vor, Euch das alles aufzubürden. Versteht mich auch bitte nicht falsch. Ich liebe meine Großeltern und bin gerne hier und auf dem Land, aber der Zeitpunkt war ein wenig unglücklich."

„Nun ja, ich würde aber behaupten, dass es keine vollständige Zeitverschwendung war", brachte Hendrick seine Gedanken zum Ausdruck und lächelte ihr zu.

„Schließlich habt Ihr einen charmanten, wenn auch etwas frechen, jungen Herzog kennengelernt, der Euch liebt und vergöttert."

Er beobachtete sie gespannt und sah, wie sich ihr Gesichtsausdruck erweichte. Sie blickte zu ihm auf und in ihren Augen sah er Bewunderung und so eine starke Zuneigung und Liebe, dass er sie gerührt anlächelte.

„Es war überhaupt keine Zeitverschwendung."

Als sie an diesem Abend auf das Gut der Blackwoods zurückkehrten, konnte Charlotte nicht länger warten. Sie wollte wissen, was ihr Vater über Hendrick Worthington dachte und blickte ihn fest an, nachdem sich alle in den Salon begeben hatten.

„Was denkst du über Herzog Worthington, Papa?"

„Er scheint nett zu sein."

Die junge Frau runzelte die Stirn. Ihr Vater schien irgendwie abgelenkt zu sein. Eine kurz angebundene Antwort war niemals ein gutes Zeichen.

„Oh, Charlotte. Er ist ein wundervoller und gutaussehender junger Mann", schwärmte ihre Mutter mit einem verträumten Blick auf dem Gesicht. „Ihr gebt ein schönes Paar ab."

Ernst warf seiner Frau einen unzufriedenen Blick zu und erhob sich. „Ich gehe zu Bett. Die letzten zwei Tage waren sehr anstrengend."

„Wirst du mir wenigstens sagen, ob du ihn für gut erachtest?", drängte Charlotte nun und blickte ihren Vater ungeduldig an.

„Das wird sich herausstellen." Ernst Woodridge nickte allen zu und verließ den Raum. Charlotte ließ sich auf das Sofa neben ihrer Mutter fallen, aber sie war den Tränen nahe. Die Herzogin zog sie liebevoll in ihre Arme.

„Gib ihm Zeit. Er wird Lord Worthington genauso lieben wie der Rest von uns. Du kennst deinen Vater. Er hat mit Veränderungen noch nie gut umgehen können und du bist unser letztes Kind. Ich weiß, dass er oft als streng, unnachgiebig und lieblos herüberkommt, aber du bedeutest ihm mehr, als er zeigt.

Hab Geduld, Charlotte. Dein Vater wird schon die richtige Entscheidung treffen."

Kapitel 6

Charlotte sah ihren Vater nicht sehr viel während des Tages. Er zog sich in seine Schlafkammer zurück, machte Ausritte und vermied sie, wann immer er konnte. Charlotte war gar nicht wohl bei der Sache.

Zwei Pferdeschlitten standen vor dem Haus bereit, um die Familie zum Ball der Worthingtons zu bringen. Sie hätten auch die Kutschen nehmen können, aber mit dem tiefen Schnee überall und den schweren Schneewolken am Himmel, war es doch sicherer, mit dem Schlitten zu fahren.

Charlotte genoss die Fahrt durch die wunderschöne Winterlandschaft. Die zwei Pferde, die den Schlitten zogen, trotteten zügig voran und es roch nach frischem Schnee. Die junge Frau blickte ihren Vater immer mal wieder an, aber er vermied Augenkontakt.

Sobald Charlotte Hendrick sah, leuchteten ihre Augen auf. Die Worthingtons begrüßten ihre Gäste mit Freude und erwiesen sich wieder einmal als wundervolle Gastgeber.

Charlotte wurde Hendricks Schwester Faith und ihrem Ehemann Samuel Pearson vorgestellt. Sie waren ein hübsches Paar und es war kein Geheimnis, dass Herr Pearson seine Frau vergötterte, aber diese Verliebtheit beruhte auf Gegenseitigkeit.

Es sah so aus, als ob die beiden ihr erstes Kind erwarteten und das freute Charlotte.

VEREINTE HERZEN ZU WEIHNACHTEN

Eine Familie zu gründen war einer ihrer eigenen Träume und ihr Lächeln weitete sich, als sie den jungen Mann ansah, der ihr Herz erobert hatte.

Baron Hadfield begrüßte sie begeistert und bat um den ersten Tanz. Sie musste ihm einen Korb geben, da Hendrick die ersten zwei Tänze bereits erbeten hatte, aber sie versprach, mit dem Baron danach zu tanzen.

Nachdem die Gäste angekommen waren und die Gastgeber begrüßt hatten, ging Hendrick Worthington direkt auf Charlotte zu. Sie stand neben seiner Schwester und seinem Schwager und unterhielt sich leise mit ihnen.

„Lady Charlotte", sagte Hendrick ernst und mit einem formellen Ton in seiner Stimme, aber seine Augen strahlten sie an. „Es ist Zeit, mir Eure Tanzkünste zu zeigen." Er zwinkerte seiner Schwester zu, nahm Charlottes Hand und führte sie auf den Tanzboden.

Ein Walzer wurde gespielt und somit konnten beide zeigen, was für ausgezeichnete Tänzer sie waren.

Charlotte ließ sich einfach führen und fühlte sich in den muskulösen Armen ihres Tanzpartners sicher und beschützt. Die übrigen Gäste beobachteten das junge Paar mit einem Lächeln auf den Lippen. Es war offensichtlich, dass es zwischen den beiden gefunkt hatte und die Anwesenden an diesem Abend noch eine Bekanntmachung zu erwarten hatten.

Charlotte sah in ihrem hellblauen Ballkleid einfach bezaubernd aus. Es war elegant und doch einfach. Spitze und Atlas verschönerte das Kleid; ihre blauen Augen funkelten und sie hatte ein zufriedenes Lächeln auf ihren Lippen.

Hendrick konnte gar nicht aufhören, sie anzusehen. Es sah so aus, als ob das junge Paar über die Tanzfläche schweben würde, so waren sie aufeinander eingestimmt. Die beiden Großelternpaare beobachteten ihre Enkelkinder mit Freude und Stolz.

Johanna wischte sich ein paar Tränen aus den Augen, als sie ihre jüngste Tochter mit diesem stattlichen jungen Mann betrachtete. Sie hatte sich für Charlotte jemanden gewünscht, der ihr Herz erreichen konnte, denn genau wie ihre Eltern wusste die Herzogin, dass ihre Tochter mit Lord Kenworthy niemals glücklich werden würde.

Johanna Woodridge blickte zu ihrem Mann hinüber, der das Paar zwar beim Tanzen beobachtete, aber nicht zu sehen schien. Besorgnis machte sich in ihrem Herzen breit, bevor sie sich an ihre Eltern wandte und ein Gespräch begann.

Nachdem der elegante Walzer geendet hatte, fingen die Musiker an, eine lebhafte Polka zu spielen. Hendrick schien diesen schnellen Tanz genauso zu begeistern wie Charlotte. Die Geschwindigkeit der Musik nahm den beiden den Atem und schon bald erleuchteten strahlende Lächeln ihre erhitzten Gesichter. Das helle Lachen der jungen Frau klang durch den gesamten Ballsaal. Am Ende nahm Hendrick sie bei ihren Hüften und hob sie hoch über seinen Kopf. Sie kicherte, als er sie zurück in seine Arme zog. Hendrick verbeugte sich und Charlotte machte einen eleganten Knicks.

VEREINTE HERZEN ZU WEIHNACHTEN

Während sich die Musiker eine kurze Pause gönnten, stand Charlotte neben Faith und unterhielt sich mit ihr. Die beiden Frauen verstanden sich auf Anhieb und erfreuten sich an dieser neuen Freundschaft.

Faith fragte ihren Ehemann etwas und um sich abzulenken, sah sich Charlotte im Raum um. Ihr stockte der Atem und ihr Lächeln verschwand, während sich Fassungslosigkeit auf ihrem Gesicht widerspiegelte.

„Charlotte?" Faith blickte ihre neue Freundin besorgt an, da sie eine Veränderung auf dem Gesicht der anderen bemerkt hatte. „Was ist mit Euch?"

Die junge Frau reagierte nicht einmal. Ihre Brauen zogen sich zusammen und die Augen verdunkelten sich. Sie konnte es nicht glauben.

„Was macht Lord Kenworthy hier?", fauchte sie leise mehr zu sich als zu der jungen Frau neben sich, aber Faith folgte dem Blick von Charlotte.

William Kenworthy hatte die Worthingtons begrüßt und hatte sich nun an Ernst Woodridge gewandt. Die beiden Männer grüßten einander warm und herzlich.

Charlotte hatte das Gefühl, als ob ihr der Boden unter den Füßen weggerissen wurde und sie hielt sich schnell an einer Stuhllehne fest, um nicht doch noch zusammenzuklappen. Faith ergriff ihren Arm.

„Samuel", sagte sie, als sie sich an ihren Ehemann wandte, „bitte hol ein Glas Wasser für Charlotte. Es geht ihr nicht gut."

Während Samuel Pearson aus dem Raum hastete, widmete sich Faith nun ganz ihrer jungen Freundin.

„Was ist mit Euch, Charlotte? Müsst Ihr Euch hinlegen?"

Die Angesprochene schüttelte ihren Kopf. „Mir geht es gut. Ich bin nicht krank, nur geschockt. Seht Ihr den Mann, der dort neben meinem Vater steht?"

Faith schaute zu den beiden Männern hinüber und nickte.

„Lord William Kenworthy hat mir in den vergangenen zwei Jahren den Hof gemacht. Ich habe meinem Vater gesagt, dass ich kein Interesse an ihm habe, ihn nicht liebe und ihn auch nicht heiraten werde. Kurz bevor ich zu meinen Großeltern kam, hielt William Kenworthy um meine Hand an. Mein Vater nahm seinen Antrag an."

„Ihr seid also verlobt?" Faith hielt sich erschrocken die Hände vors Gesicht, ihre Augen waren weit aufgerissen.

„Nein. Ich habe meinem Vater gesagt, dass ich nicht bereit bin, den Antrag anzunehmen und bat ihn, mir noch etwas Zeit zu geben, um selbst jemanden zu finden. Er akzeptierte meine Bitte aber unter der Bedingung, dass ich innerhalb eines Monats die Liebe meines Lebens finden und auch einen Antrag annehmen würde."

„Nur einen Monat?"

Charlotte nickte. „Ich verstehe nicht, warum er hier ist. Mein Vater muss ihn eingeladen haben."

„... Oder er wollte einfach einmal wieder seine Eltern besuchen", erwiderte Faith und man konnte ihr ansehen, dass sie diese Neuigkeiten nicht gerne teilte.

„Seine Eltern?" Charlotte blickte die andere verwirrt an.

„Ja. Landgraf William Worthington ist mein Onkel."

Charlotte war einer Ohnmacht nahe. Sie wurde weiß wie ein Bettlaken.

„Aber sein Name ... er ...", stammelte die zwanzigjährige; sie konnte keinen vollständigen Satz mehr formen.

VEREINTE HERZEN ZU WEIHNACHTEN

„Onkel William und Großvater hatten eine Auseinandersetzung. Nachdem unser Vater gestorben war, dachte mein Onkel, dass er nun den Titel seines Bruders übernehmen würde, aber mein Großvater informierte ihn, dass der Titel nur von Vater zum ältesten Sohn gegeben wurde. Hendrick war erst sechzehn Jahre alt, aber er war der offizielle Erbe. Großvater schlüpfte in die Rolle meines Vaters, bis mein Bruder alt genug war, um die Aufgaben des Herzogs zu übernehmen. Onkel William war darüber so wütend, dass er noch in derselben Nacht nach London abreiste und in das Stadthaus meines Großvaters zog. Wir haben ihn seitdem nicht mehr gesehen."

„Aber was ist mit seinem Namen? Warum hat er einen anderen Namen?"

Faith seufzte. „Onkel William dachte sich, wenn er den Mädchennamen meiner Großmutter annehmen würde, würde das meinen Großvater verletzen und er würde seine Meinung ändern."

„Das ist furchtbar. Ich muss mit Eurem Bruder reden, bevor er denkt, ich hätte ihn hintergangen. Ich hatte doch keine Ahnung, dass William Euer Onkel ist." Charlotte war noch immer bestürzt und ihr Magen zog sich zusammen, als sie darüber nachdachte, wie schrecklich diese Situation für Hendrick aussehen würde.

„Sorgt Euch nicht, Charlotte. Hendrick lässt gut mit sich reden und wird Euch nicht verurteilen, sondern zuhören."

„Lady Charlotte Woodridge, was für eine angenehme Überraschung." William Worthington hatte ein breites Lächeln auf den Lippen und trat näher. Charlotte fiel es nicht leicht, höflich zu bleiben.

Dieser Mann hatte es nicht nur gewagt, ohne sie zu fragen, um ihre Hand anzuhalten, obwohl er über zwanzig Jahre älter war als sie; er hatte sie auch hintergangen und ihr vorgemacht, jemand anderes zu sein. Ihr Vater war vermutlich genauso schuldig.

„Landgraf Worthington, dass dies eine Überraschung ist, kann man wohl sagen." Sie blickte ihn kühl an, aber man konnte in ihren Augen auch Verachtung und Unmut erkennen.

„Ihr habt herausgefunden, wer ich bin."

„Ja, das habe ich. Eure Nichte war so nett, mich aufzuklären", erwiderte sie und ihre Stimme war eiskalt und reserviert.

William warf Faith einen enttäuschten Blick zu, aber sie beachtete ihn kaum. Sie war genauso ärgerlich wie ihre neue Freundin.

„Nun, da die Katze aus dem Sack ist, darf ich um den nächsten Tanz bitten?" Er hielt ihr seine Hand entgegen, doch sie ergriff diese nicht.

„Nein, das dürft Ihr nicht. Ich habe den nächsten Tanz bereits jemand anderem versprochen", erwiderte sie kühl und deutete mit ihrem Kopf in die Richtung des Barons, der auf sie zukam. Ihr Vater stellte sich nun ebenfalls dazu.

William schnaubte verächtlich. „Ihr gebt mir einen Korb wegen eines einfachen Barons?"

„Mich interessiert es nicht, was für einen Titel ein Mann hat. Wenn Ihr mit einer Dame tanzen wollt, dann solltet Ihr auch pünktlich da sein und nicht mitten in einem Ball erscheinen. Meine Tänze sind bereits vergeben." Ihre Augen sprühten Feuer und machten klar, was sie von ihm hielt. „Ich habe Baron Hadfield diesen Tanz versprochen und werde mein Versprechen auch einhalten."

VEREINTE HERZEN ZU WEIHNACHTEN

William Worthingtons Gesichtsausdruck verdunkelte sich. Es ärgerte ihn maßlos, dass sie ihn zurückgewiesen und es sogar gewagt hatte, ihn zu rügen. Er warf einen frustrierten Blick auf Ernst Woodridge und der reagierte sofort, ergriff den Arm seiner Tochter und zog sie von den anderen fort.

„Was glaubst du, was du hier tust, Charlotte? Du beleidigst einen Herren des Hochadels und dein Benehmen ist beschämend. Lord Worthington hat dich um diesen Tanz gebeten und du wirst mit ihm tanzen."

Ernst schalt sie mit zusammen gebissenen Zähnen. Seine Augen blickten sie streng und regungslos an. Sie konnte sehen, dass er ihr Ungehorsam nicht gestatten würde.

„Du möchtest also, dass ich einem jungen Mann vor den Kopf stoße, nur weil er Baron und kein Landgraf ist? Baron Hadfield hat mich um diesen Tanz am Anfang dieses Abends gebeten."

„Landgraf Worthington hat Verbindungen zu dem Prinzen von England und er ist außerdem der Sohn eines einflussreichen Großherzogs."

„Kann man nicht das Gleiche über den Enkelsohn sagen?", schnappte Charlotte, aber ihr Vater schob sie einfach in die Arme von William Worthington.

Baron Hadfield hatte jetzt auch die Gruppe erreicht.

„Vergebt die Unterbrechung Landgraf Worthington, aber Lady Charlotte hat diesen Tanz bereits mir versprochen."

„Sie tanzt jetzt mit mir", erwiderte William barsch und seine Stimme hatte einen arroganten Unterton während er den jungen

Mann mit Verachtung anblickte. William zog Charlotte mit sich, aber sie drehte sich nach dem Baron um.

„Verzeiht mir", flüsterte sie und ihre bittenden Augen schmolzen ihm das Herz.

Es war wieder ein Walzer, aber dieses Mal konnte sich Charlotte daran nicht erfreuen. William war ebenfalls ein ausgezeichneter Tänzer, aber was sich soeben ereignet hatte, hatte einen unangenehmen Geschmack zurückgelassen. Sie musste unbedingt mit Hendrick reden, bevor die Situation eskalierte.

William versuchte sie in eine harmlose Unterhaltung zu verwickeln, doch in ihr kochte es und somit gab sie ihm nur sehr kurze und schroffe Antworten.

Nachdem der Walzer geendet hatte, kündigte Großherzog Worthington an, dass das Abendessen serviert werden würde. Er hatte die unangenehme Situation zwischen seinem Sohn und Charlotte von Weitem beobachtet und wollte der jungen Frau die Möglichkeit geben, sich wieder zu beruhigen. Obwohl er auf der anderen Seite des Ballsaales stand, konnte er sehen, wie aufgebracht sie war.

Die Gäste verließen den Saal und gingen ins Speisezimmer. Theodor Worthington versuchte sich zu Charlotte durchzudrängen, aber mehrere Gäste nahmen ihn sogleich in Beschlag und somit musste die Unterhaltung mit der jungen Frau warten.

Charlotte sah sich suchend nach Hendrick um. Er unterhielt sich gerade mit einem seiner Cousins und sie wusste nicht, ob sie einfach unterbrechen konnte, also wartete sie.

VEREINTE HERZEN ZU WEIHNACHTEN

Nachdem die meisten Gäste sich an einen Tisch gesetzt hatten, stellte sich Charlotte neben Faith. Hendrick hatte immer noch nicht sein Gespräch beendet.

William Worthington räusperte sich und klopfte mit einem Löffel gegen das Glas, das vor ihm stand.

„Darf ich um eure Aufmerksamkeit bitten?" Er sah sich um und wartete, bis es ruhig wurde.

„Wie viele von euch wissen, war ich in den letzten Jahren aus persönlichen Gründen in London zu Hause. Obwohl mich hauptsächlich das Geschäft fernhielt, war in den letzten zwei Jahren auch ein hübsches junges Mädchen für meine Abwesenheit verantwortlich. Sie hielt mich nicht nur von der Heimat fern, sondern hat auch mein Herz in Beschlag genommen. Ich hatte immer eine besondere Schwäche für England, aber sie hat meine Zuneigung zu dem besagten Land sehr gefördert."

Charlotte hielt den Atem an. Ihr Vater saß William gegenüber und hatte ein stolzes Lächeln auf den Lippen. Nicht einmal versuchte er, den anderen zu unterbrechen.

„Ich möchte euch auf diesem Wege die junge Dame und meine zukünftige Braut vorstellen und unsere Verlobung verkünden: Lady Charlotte Woodridge."

Ein fassungsloses Raunen ging durch den Raum. Hendrick blickte zu Charlotte hinüber, seine Augen verdunkelten sich und Zorn breitete sich in ihm aus. Er konnte es einfach nicht fassen.

Die junge Frau sah aus als ob sie gleich in Tränen ausbrechen würde und er beobachtete, wie seine Schwester ihr aufmunternd die Hand drückte. Hendrick durchquerte den Speisesaal in schnellen Schritten. Als er Charlotte erreicht hatte, nahm er ihre Hand und zog sie mit sich durch die Tür auf den Flur. Faith folgte den beiden.

Kapitel 7

Sobald sich die schweren Türen des Speisezimmers geschlossen hatten, drehte sich Hendrick zu Charlotte um. Sie hatte ihn noch nie so ärgerlich und irritiert gesehen.

„Onkel William ist der Mann, den Ihr heiraten sollt und Ihr seid sogar mit ihm verlobt? Wann hattet Ihr vor, mich darüber in Kenntnis zu setzen?"

„Ich bin nicht verlobt. Die beiden Herren haben das untereinander abgemacht."

„Ich dachte, Euer Vater wollte Euch verheiraten, hatte Euch aber noch etwas Zeit gegeben. Seid Ihr von zu Hause fortgelaufen, nachdem Ihr Euch verlobt habt?"

„Hendrick, bitte hört mir zu, ich bin nicht und war nie mit William Worthington verlobt."

Er hörte ihr nicht zu. „Ihr seid also nicht zu Euren Großeltern gekommen, weil Euer Vater das so wollte, sondern weil Ihr von etwas weggelaufen seid, das Ihr selbst verursacht habt." Er schnaubte ärgerlich.

„Es muss Eurem Selbstbewusstsein gutgetan haben, als Ihr merktet, dass sich ein Mann für Euch interessiert, der Euer Vater sein könnte. Ihr habt mit seinen Gefühlen nur gespielt, bis Ihr erkannt habt, dass er Euch heiraten wollte und dann seid Ihr zu Euren Großeltern geflohen. Ich war nur eine Zerstreuung."

„Du bist ungerecht, Hendrick", mischte sich nun Faith in das Gespräch und trat näher. „Du musst Ihr die Möglichkeit geben sich zu verteidigen und sie das ganze erklären lassen."

„Was gibt es denn da zu erklären?", erwiderte er aufgebracht und blickte Charlotte zornig und enttäuscht an. „Sie hat mich nie über die Verlobung informiert. Sie hat mich benutzt, damit ich sie vor einer Heirat rette, die sie nicht wollte."

Charlotte sah zu ihm auf. Ein gewaltiges Feuer brannte in ihren Augen. Seine Worte hatten sie sehr verletzt und sie musste ein paar Tränen weg blinzeln. Sie war aber nicht bereit, seine Beschuldigungen einfach so hinzunehmen. Sie war bereit, zurückzuschlagen.

„Vergebt mir, Euer Gnaden, dass ich nicht sofort meine gesamte Lebensgeschichte mit Euch geteilt habe, als wir uns kennenlernten. Was ich Euch vor zwei Tagen erzählt habe, entspricht nach wie vor der Wahrheit. Es gab keine Abmachung zwischen Eurem Onkel und mir, nur zwischen meinem Vater und ihm. Mein Vater hielt es nicht für nötig, mich darüber zu informieren. Ich hatte kein Interesse an William Worthington und habe das von Anfang an klargemacht. Nicht nur das, bis heute Abend hatte ich keine Ahnung, dass er Euer Onkel ist, denn bis zu diesem Ball war er mir nur unter dem Namen Kenworthy bekannt."

Sie schluckte, um die Schluchzer zurückzuhalten, die sich einen Weg durch ihre Brust bahnten.

„Mein Vater versuchte mich mit ihm zu verheiraten, aber das wollte ich nicht. Papa schickte mich zu meinen Großeltern mit der Einvernehmung, dass ich mir selber einen zukünftigen Ehemann suchen konnte, aber offenbar hatte er die ganze Zeit andere Pläne. Mein Vater und Euer Onkel haben mich hintergangen und getäuscht, indem sie mich glauben ließen, dass ich meine eigenen Entscheidungen treffen kann." Sie schüttelte zornig ihren Kopf.

„Damit nicht genug, jetzt muss ich mich auch noch von Euch mit so etwas Unmöglichem beschuldigen lassen? Und habt Ihr mich nicht ebenfalls getäuscht? Als wir uns kennenlernten, habt Ihr Euch nicht als Herzog vorgestellt, sondern mich in dem Glauben gelassen, ein ganz gewöhnlicher Bürgerlicher zu sein; kein Adelstitel oder soziale Stellung." Sie blickte kurz an ihm vorbei.

„Ich weiß nun, dass Ihr das gemacht habt, weil Ihr wolltet, dass ich Euch für Euch mag und nicht nur wegen Eures Titels und Vermögens, aber ich glaube kaum, dass Ihr das Recht habt, mich zu verurteilen. Euer Onkel bedeutet mir nichts und hat mir nie etwas bedeutet. Es entspricht nicht meiner Natur, mit den Gefühlen eines anderen zu spielen. Ich dachte, dass Ihr das über mich bereits erkannt habt, aber das war offenbar nicht der Fall."

Ihr Gesichtsausdruck war unbeweglich, aber man konnte Schmerz, Ärger und zurückgehaltene Traurigkeit in ihrer Stimme hören.

„Wie gesagt, zwischen Eurem Onkel und mir gab es keine Abmachung und wir waren nie verlobt. Und bevor Ihr mir noch irgendwas unterstellen wollt, zwischen uns gibt es ebenfalls keine Abmachung. Ihr seid frei und könnt tun und lassen, was Ihr wollt. Ich werde spielerische Heiratsanträge nicht über Euren Kopf halten."

Faith blickte ihren Bruder an. Sie spürte, dass er sich langsam wieder beruhigte, aber innerlich mit der Sache noch nicht fertig war. Er sagte nichts und versuchte der jungen Frau in die Augen zu sehen, aber Charlotte schaute ihn nicht direkt an. Ihm war bewusst, dass er zu weit gegangen war. Er wollte gerade einlenkend ihre Hand greifen, doch sie zog diese sofort zurück.

„Ich würde sagen, dass es Zeit für den Abschied ist. Lebt wohl und frohe Weihnachten, Euer Gnaden." Ihre Stimme zitterte, aber sie verzog keine Miene.

Hendrick wusste, dass er sich erst ganz beruhigen musste, bevor er es wagen konnte, diese Unterhaltung fortzusetzen. Er rannte die Treppe hinauf und nahm jeweils zwei Stufen, um schneller wegzukommen und im Obergeschoss zu verschwinden.

Charlotte sank auf eine Stufe und kämpfte gegen die leisen Schluchzer, die ihrer Kehle entweichen wollten.

Faith setzte sich neben sie und legte einen Arm um ihre Schultern. Ihr Herz schmerzte für ihre neue Freundin und sie nahm sich vor, ihrem Bruder gehörig den Kopf zu waschen, sobald sie die Chance dazu hatte. Bevor Faith etwas Tröstendes sagen konnte, öffnete sich die Tür zum Speisezimmer und William kam heraus.

Er ging sofort auf Charlotte zu und wollte sie in seine Arme ziehen, doch sie wehrte ihn ab.

„Faith, würdest du mich bitte mit Lady Charlotte alleine lassen?"

„Gewiss, Onkel." Sie stand auf und kletterte ebenfalls die Treppe hinauf in der Hoffnung, ihren Bruder zu finden, damit sie mit ihm ein paar ernste Worte teilen konnte.

„Warum habt Ihr das getan? Warum habt Ihr so etwas bekannt gegeben, ohne vorher mit mir darüber zu sprechen?"

VEREINTE HERZEN ZU WEIHNACHTEN

„Dein Vater war damit einverstanden und hat uns seinen Segen gegeben."

„Mein Vater ist aber nicht derjenige, der diese Entscheidung treffen kann. Er ist nicht derjenige, der jemanden heiraten soll, den er nicht liebt. Bitte entschuldigt mich nun, aber ich möchte alleine sein."

Sie stand auf, doch er nahm ihre Hand, zog sie trotz ihres Widerstandes in seine Arme, nahm ihren Kopf in seine Hände und drückte einen Kuss auf ihre Lippen.

Charlotte versuchte sich aus seinen Armen zu befreien und ihn von sich zu stoßen, war aber erst nach einigen Versuchen erfolgreich. Der Kuss bewirkte nichts, außer dass sich ihr der Magen umdrehte. Sie fühlte sich von ihm nicht angezogen und hatte keine Gefühle für ihn. Im Gegenteil. Sie fühlte sich angeekelt und benutzt und hatte das Gefühl, sich übergeben zu müssen.

„Du wirst mich lieben lernen und ich werde ein guter Ehemann für dich sein. Nun, was hältst du davon, gemeinsam Hochzeitspläne zu schmieden?" Er sah ihr tief in die Augen in der Hoffnung, ein fröhliches Funkeln zu sehen, aber er sah nichts. Es war keine Regung auf ihrem Gesicht.

Wieder öffneten sich die Türen und dieses Mal traten Johanna und Ernst Woodridge aus dem Speisezimmer.

„Davon halte ich überhaupt nichts. Wir sind nicht verlobt. Ich habe nie meine Zustimmung gegeben und ich werde Euch auch nicht heiraten. Niemals!" Die Worte waren aus ihr herausgebrochen und sie war sehr laut geworden.

„Charlotte!", fuhr ihr Vater sie sofort scharf an. Seine Stimme klang zornig und streng, aber sie ließ ihn nicht weiterreden.

„Nein, Vater. Nichts mehr. Ich bin keine Trophäe, die du einfach weggeben kannst. Du darfst mich hassen. Du kannst mich fortschicken, enterben und sogar aus der Familie werfen, aber ich werde niemanden heiraten, den ich nicht liebe. Wie kannst du mir so etwas überhaupt antun? Du hast mich glauben lassen, dass ich selbst entscheiden könnte; dass ich eine Wahl habe. Die Gefühle, die ich für Hendrick Worthington empfinde, kann ich nicht beschreiben, aber er bedeutet mir sehr viel. Euer Handeln hat vielleicht alles zerstört. Ihr zwei habt mich die ganze Zeit belogen und hintergangen. Ihr habt mich benutzt und wofür? Beide habt ihr selbstsüchtig und egoistisch gehandelt. Habt Ihr gehofft, mich unglücklich zu machen? Wenn ja, dann gratuliere ich euch. Euer Versuch ist euch geglückt."

„Charlotte", machte ihr Vater einen erneuten Versuch, doch sie winkte gleich ab.

„Lady Charlotte ..."

„Frohe Weihnachten, Landgraf Worthington. Ich bete, dass Ihr mich eines Tages verstehen werdet." Ihre Lippen zitterten, doch sie kämpfte weiterhin gegen die Tränen, die ihr den Hals zuschnüren wollten.

„Charlotte, wir müssen dies diskutieren." Einlenkend blickte ihr Vater sie an, doch seine Worte fielen auf taube Ohren.

„Ich habe genug diskutiert. Mir war bis heute überhaupt nicht bewusst, wie wenig du mich respektierst. Meine Gefühle bedeuten dir nichts."

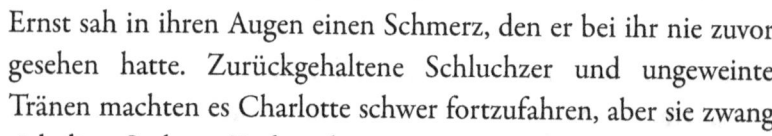

Ernst sah in ihren Augen einen Schmerz, den er bei ihr nie zuvor gesehen hatte. Zurückgehaltene Schluchzer und ungeweinte Tränen machten es Charlotte schwer fortzufahren, aber sie zwang sich diese Sache zu Ende zu bringen.

VEREINTE HERZEN ZU WEIHNACHTEN

„Ich hoffe, du bist glücklich, Vater." Nach einem letzten Blick in die Runde, drehte sie sich um, öffnete die Haustür und verschwand in die kalte Winternacht.

Johanna schüttelte ungläubig ihren Kopf, blickte ihren Mann enttäuscht an, schnappte sich ihren und den Mantel ihrer Tochter und folgte Charlotte nach draußen.

„Wir müssen reden", sagte Theodor Worthington als er aus dem Speisezimmer trat, dicht gefolgt von seiner Frau.

„Ich werde unsere Gäste nach Hause schicken. Bitte führe Herzog Woodridge in mein Studierzimmer, William, und ich werde dazu stoßen, so schnell ich kann."

Charlotte hatte eine Bank im hintersten Gartenbereich erreicht und brach sofort in Tränen aus. Ihr Schluchzen war herzzerreißend. Johanna setzte sich neben ihre Tochter, legte Charlotte ihren Mantel um die Schultern und zog sie in ihre Arme.

Sosehr sie auch versuchte, die junge Frau zu trösten, die Herzogin hatte mit ihren eigenen Tränen zu kämpfen. Es tat ihr in der Seele weh, ihre Tochter so leiden zu sehen.

Johanna wusste, dass ihr Ehemann nie vorgehabt hatte, Charlotte weh zu tun, aber sein Handeln hatte nicht nur einen schönen Ball ruiniert, sondern vermutlich auch das Weihnachtsfest.

Die Herzogin versuchte die richtigen Worte zu finden, aber nichts, was sie sagen würde, könnte in dem Moment das Herz ihrer

Tochter heilen. Sie im Arm zu halten und ihr zu zeigen, dass sie die junge Frau liebte und für sie da war, musste genug sein.

„Ich hoffe, ihr könnt uns vergeben, aber leider müssen wir den Abend früher als geplant abbrechen." Theodor blickte seine Gäste entschuldigend an.

„Ich konnte auf euren Gesichtern erkennen, dass ihr mit der Bekanntmachung heute Abend nicht gerechnet habt und ich würde lügen, wenn ich behaupten würde, dass ich nicht ebenfalls geschockt war."

Verständnisvolle Blicke sahen ihm entgegen, was es ihm leichter machte, fortzufahren.

„Verzeiht unsere Unhöflichkeit, aber ich muss euch bitten, jetzt zu gehen. Es gibt da eine dringende Familienangelegenheit, die unbedingt aus dem Weg geschafft werden muss und somit hoffe ich, dass ihr versteht, dass es eine gewisse Eile hat. Ich weiß, dass ihr euch um unsere Familie sorgt und ich verspreche, dass ich alles in meiner Macht Stehende tun werde, um die Situation zu beheben." Er nickte allen zu, verabschiedete sich und drehte sich um, um zu seinem Studierzimmer zu gehen.

Eleanore Worthington wartete, bis die Gäste fort waren, bevor sie ihrem Mann folgte. Anstatt unzufrieden und schlecht gelaunt zu sein, verabschiedeten sich alle mit aufmunternden Worten und versprachen der Großherzogin, sie und ihre Familie in ihre Gebete einzuschließen.

VEREINTE HERZEN ZU WEIHNACHTEN

Faith brauchte eine Weile, bevor sie ihren Bruder endlich gefunden hatte. Er hatte sich auf den Dachboden zurückgezogen, wo sie sich als Kinder gerne versteckt hatten. Sie suchte ihn zuerst in den Räumen des Obergeschosses, aber als sie ihn nicht finden konnte, beschloss sie auf dem Dachboden nachzusehen und wurde fündig.

Hendrick sah nicht einmal auf, als sie sich ihm näherte. Er saß auf einer alten verstaubten Kiste vor einem Fenster, hatte die Ellbogen auf einen schmutzigen Tisch gestützt und drückte seine Stirn in seine Handflächen.

„Hendrick, du kannst dich vor dieser Sache nicht verstecken. Alles, was heute Abend passiert ist, war ein riesiger Schock für uns, das verstehe ich, aber die Person, die am meisten verletzt wurde, war Charlotte. Ich kann verstehen, dass du dich betrogen fühlst und mehr Zeit brauchst, das alles zu verarbeiten, aber Charlotte hat keine Schuld. Sie hatte keine Kontrolle über die Bekanntmachung, da sie nicht einmal davon wusste. Sie ist das Opfer. Onkel William und ihr Vater haben sie hintergangen. Sie scheint eine sehr willensstarke junge Frau zu sein und die beiden Männer haben versucht, sie öffentlich in eine Verlobung zu zwingen; eine Verlobung, die sie nie wollte. Du kannst es ihr nicht übel nehmen, dass sie sich aus dieser Situation befreien wollte."

Faith hielt einen Moment inne, um ihrem Bruder die Möglichkeit zu geben, auch etwas zu sagen, aber er bewegte sich nicht und blieb still. Sie wusste aber, dass er ihr zuhörte.

„Versuche alles aus Charlottes Sicht zu sehen. Ihre gesamte Welt ist heute Abend zusammengebrochen. Ich kann verstehen, dass du ärgerlich und aufgebracht bist, aber ich glaube nicht, dass ihre Gefühle dir gegenüber unecht waren oder sie dich benutzt hat. Alle haben die Funken zwischen Euch gespürt. Wahrscheinlich hast du es nicht gehört, da der Schock deine Aufnahmefähigkeit beeinträchtigt hat, aber ein bestürztes Raunen ging durch das Zimmer, als Onkel William Charlotte als seine Verlobte vorgestellt hat. Niemand hat damit gerechnet."

Faith trat näher und legte ihren Arm um die Schultern ihres Bruders. „Halte an eurer Liebe fest. Lass diese Sache nicht das ruinieren, was ihr für euch schon aufgebaut habt. Ich weiß, was sie dir bedeutet. Du hast noch nie ein Mädchen so angeschaut, wie du Charlotte ansiehst. Mein Herz hat Freudensprünge gemacht, als ich gesehen habe, wie glücklich sie dich macht. Seit dem Tod unseres Vaters hast du deinen Humor und Schalk nicht mehr gezeigt, das heißt, bis Charlotte in dein Leben trat. Gib dir die Zeit, die du brauchst, aber rede mit ihr, sobald du kannst. Es wäre furchtbar, wenn du sie durch diese Sache verlieren würdest."

Sie lehnte sich zu ihm runter, küsste ihn auf die Wange und verließ den Raum, damit er über alles in Ruhe nachdenken konnte.

„Carter", sagte Großherzog Worthington bevor er sein Studierzimmer erreicht hatte. „Bitte finde Lady Charlotte bitte und schicke sie zu mir."

„Gewiss, Euer Gnaden." Der Butler nickte dem Herrn des Hauses zu, verbeugte sich leicht und rauschte auch schon davon.

Ernst Woodridge und William Worthington saßen bereits auf zwei Stühlen, als der alte Mann den Raum betrat. Beide hatten einen sehr ernsten Gesichtsausdruck und waren tief in ihren Gedanken versunken.

VEREINTE HERZEN ZU WEIHNACHTEN

Der Großherzog setzte sich an seinen Schreibtisch und überlegte, wie er dieses Gespräch am besten anpacken sollte.

Es war eine sehr heikle Angelegenheit. Er wollte nicht, dass Charlottes Vater sich bevormundet oder für seine Erziehungsmaßnahmen und Entscheidungen kritisiert fühlte, aber er wollte, dass beide Männer verstanden, was für ein Ausmaß ihr Verhalten und Entscheidungen erreicht hatten.

Der alte Mann blickte über seinen Schreibtisch und zu den zwei jüngeren Herren hinüber. Die ungeplante Verlobungsbekanntmachung hatte Kummer in allen Herzen zurückgelassen.

Als Charlotte und ihre Mutter ins Zimmer traten, erhob sich Theodor sofort von seinem Stuhl. Die junge Frau schaute niemanden an und wartete. Johanna legte ihren Arm um die Schultern ihrer Tochter, um ihr zu zeigen, dass sie nicht alleine war.

„Charlotte", sagte der Großherzog sofort und sie hob ihr Kinn höher, damit sie ihn ansehen konnte. Sein Herz brach für sie. Seitdem seine Schwägerin einfach verheiratet worden war, hatte er nicht mehr solch traurige Augen gesehen.

„Ich werde Euch nicht lange aufhalten. Ich verstehe, dass die heutigen Ereignisse eine Menge Kummer und Schmerz verursacht haben, aber, um diese Sache richtig anzufassen, muss ich Euch ein paar Fragen stellen."

Charlotte nickte, schlug aber ihre Augen nieder.

„Hat Euch irgendjemand über die heutige Ankündigung informiert?" Die junge Frau schüttelte ihren Kopf. „Hattet Ihr den Eindruck, dass es zwischen Euch und William keine Abmachung gab und Ihr Euch für einen zukünftigen Ehemann frei entscheiden konntet?" Dieses Mal nickte sie. „Als Letztes. Hat mein Sohn Euch jemals direkt gefragt, ob Ihr ihn heiraten wollt? Hat er Euch die Möglichkeit gegeben, einen Antrag anzunehmen oder aber abzulehnen?"

Sie schüttelte ihren Kopf.

Es war eine ganze Zeit ganz still im Zimmer. Jeder hing seinen Gedanken nach. Nach einigen Minuten blickte Charlotte den Großherzog wieder an.

„Darf ich jetzt gehen?"

„Selbstverständlich. Ich werde Euch nach draußen begleiten." Er stand auf und stellte sich neben Charlotte, bevor er sich noch einmal zu den beiden Männern umdrehte. „Entschuldigt mich für einen Moment."

Als die Tür zum Studierzimmer ins Schloss gefallen war, wandte sich Theodor Worthington an Charlottes Mutter.

„Lady Woodridge, dürfte ich mit Eurer Tochter einen Augenblick alleine sprechen?"

„Gewiss. Ich werde meine Eltern holen und dafür sorgen, dass der Schlitten vor die Tür gebracht wird." Sie drückte die Hand ihrer Tochter und eilte davon.

„Charlotte", wandte sich der alte Herr sofort an die junge Frau. „Erlaubt Ihr mir, Euch in meine Arme zu nehmen?"

Sie nickte, aber seine liebevolle Frage trieb ihr sogleich wieder die Tränen in die Augen. Er zog sie in eine großväterliche Umarmung und sie schluchzte leise in seine Schulter.

VEREINTE HERZEN ZU WEIHNACHTEN

„Ich werde dafür sorgen, dass wir eine gerechte Lösung finden. Ich verspreche Euch, dass wir ein gutes Ende haben werden." Er hielt Charlotte, bis ihre Mutter mit Charlottes Großeltern zurückkam.

Sie verabschiedeten sich voneinander und er blickte ihnen nach, als sie das Haus verließen.

Eleanore stellte sich neben ihren Mann. „Wird sie damit zurechtkommen?" Sorge und Beunruhigung stand auf ihrem faltigen Gesicht geschrieben. Theodor nickte.

„Ja, aber wir müssen das Problem noch heute in Angriff nehmen."

Kapitel 8

„Ich möchte die Situation weder verschlimmern noch versuche ich jemandem die Schuld in die Schuhe zu schieben, aber es muss besprochen werden." Theodor blickte die zwei Männer im Raum an, während seine Frau sich im Hintergrund aufhielt.

„William, du weißt, dass wir dich lieben. Wir möchten, dass du glücklich wirst, aber dies ist nicht die Antwort. Ein junges Mädchen in eine Ehe zu zwingen, ist das Schlimmste, was wir tun können. Erinnerst du dich nicht mehr daran, was mit Tante Agathe passiert ist?"

William sah kurz auf und der Großherzog konnte Betroffenheit in den Augen seines Sohnes sehen. Der Landgraf nickte.

In wenigen Worten erklärte Theodor Worthington, Herzog Woodridge, was es mit seiner Schwägerin auf sich hatte und was mit ihr geschehen war. Charlottes Vater war erschüttert.

„Ich glaube nicht, dass du Charlotte liebst. Du schwärmst für sie und träumst von Glück und Zufriedenheit. Das wünschen wir für dich auch. Wir möchten, dass du jemanden an deiner Seite hast, der dich liebt und den du liebst, aber es muss die richtige Person sein. Seit du Wales verlassen hast, haben wir von mehreren Damen erfahren, die in den letzten paar Jahren in diese Gegend gezogen sind. Sie würden wesentlich besser zu dir passen und sind auch näher an deinem Alter."

VEREINTE HERZEN ZU WEIHNACHTEN

„Wir möchten das Beste für dich, William", wandte sich nun seine Mutter an ihn, trat neben ihn und drückte seine Hand. „Aber Charlotte gehört zu Hendrick. Wir haben ihn schon lange nicht mehr so glücklich gesehen. Die beiden passen zusammen und wir glauben mit fester Überzeugung, dass Gott die beiden zusammen geführt hat."

„Deine Mutter hat recht. Hendrick ist wieder er selbst. Nachdem sein Vater gestorben war, hatte er seine humorvolle und spielerische Seite mit Verantwortung und Pflicht ausgetauscht. Er war so ernsthaft und wir vermissten seine muntere Art. Das änderte sich sofort, als Charlotte in sein Leben kam. Hendrick wurde wieder lebendig."

„Charlotte hat unsere Herzen erobert. Seit Hendrick sie uns vorgestellt hat, hat sie so viel Freude in unser Leben gebracht und wir können alles viel mehr genießen. Ihre Großeltern sind uns so lieb geworden. Wir hätten die Blackwoods niemals so gut kennengelernt, da wir in unterschiedlichen Adelsschichten stehen, aber weil unsere Enkelkinder miteinander verkehrten, haben wir das auch." Eleanore lächelte.

„Charlotte ist jemand ganz besonderes. Sie lädt jeden ein, Teil ihres Lebens zu sein und es interessiert sie nicht, wie dessen Situation ist, oder ob jemand zum Adel oder den Bürgerlichen gehört. Sie behandelt einen Herzog nicht besser als ein Dienstmädchen und heißt jeden willkommen. Allerdings möchte sie kontrollieren können, wie intim die Verbindung zwischen ihr und der anderen Person ist."

Sobald der Schlitten vor dem Haus ihrer Großeltern hielt, sprang Charlotte heraus und verzog sich sogleich auf ihre Schlafkammer. Sie wollte mit niemandem mehr reden und den Abend so gut es ging vergessen.

Eliza blickte überrascht auf als sie Charlotte hereinkommen und sofort die Treppe hinauf eilen sah. Die Herzogin und Blackwoods traten ebenfalls ins Haus.

„Lady Charlotte, Ihr seid aber früh zurück. Ist etwas geschehen?"

Die junge Frau reagierte nicht einmal und setzte ihren Weg zur Schlafkammer fort. Elizas ernster Gesichtsausdruck veränderte sich und sie wirkte nicht mehr verwundert, sondern besorgt. Johanna zog Eliza an ihre Seite und erklärte in wenigen Sätzen, was vorgefallen war.

„Du meine Güte, das arme Ding. Gibt es etwas, was Ihr möchtet, dass ich für sie tue?" Elizas Augen waren weit aufgerissen und sie blinzelte ein paar Tränen weg.

„Bleib bei ihr, solange sie dich lässt. Seitdem sie die Beherrschung verloren hat, hat sie fast nicht mehr gesprochen. Ich weiß immer noch nicht, was zwischen ihr und Hendrick Worthington vorgefallen ist, aber ich glaube nicht, dass sie eine angenehme Unterhaltung hatten." Johanna seufzte.

Eliza machte einen Knicks und lief die Treppe hinauf. Graf und Gräfin Blackwood zogen sich in ihre Schlafkammern zurück und die Herzogin bat eines der Dienstmädchen, ihr eine Tasse Tee zu bringen. Sie wollte auf ihren Mann warten.

VEREINTE HERZEN ZU WEIHNACHTEN

„Lady Charlotte, bitte sagt etwas. Sprecht mit mir. Lasst Eure Gefühle raus." Eliza war den Tränen nahe, als sie sah, wie sehr die junge Frau litt.

Sie hatte noch nie so viel Schmerz in Charlottes blauen Augen gesehen und ihr Herz brach für sie. Sie half Charlotte, ihre Kleider abzulegen und sorgte dafür, dass sie sich gleich ein Nachthemd überzog.

„Irgendetwas ist passiert. Eure Mutter erzählte mir von der schrecklichen Bekanntmachung. Hattet Ihr eine Unterhaltung mit Lord Worthington?"

Charlotte zuckte zusammen, als sie diesen Namen hörte und ihre zurückgehaltenen Tränen brachen aus ihr heraus. Sie ließ sich auf ihr Bett fallen und verbarg das Gesicht in ihrem Kissen.

Eliza setzte sich auf die Kante des Bettes und strich der anderen behutsam über den Kopf und Rücken. Mittlerweile liefen auch ihr die Tränen über die Wangen, während sie versuchte, noch mehr Informationen aus Charlotte herauszubekommen.

Als Charlotte sich so weit beruhigt hatte, dass sie sprechen konnte, gab sie ihrer Zofe den ganzen Abend wieder. Eliza drückte ihre Hand.

„Ich bin sicher, dass Lord Worthington solche harten Worte nur aus Bestürzung gesagt hat. Er wirkt auf mich nicht wie jemand, der so grausam und gefühllos ist."

Es dauerte noch eine ganze Weile, bis bei Charlotte die Tränen ganz versiegten. Eliza lächelte ihr aufmunternd zu.

„Versucht nun zu schlafen. Morgen wird sicherlich alles schon ein wenig besser aussehen. Ihr seid einfach völlig übermüdet. Schlaf wird Euch guttun und helfen, dass Euer Körper und Verstand wieder zur Ruhe kommen."

„Kannst du bei mir bleiben, bis ich eingeschlafen bin? Es tröstet mich." Charlotte hatte nur geflüstert, aber Eliza hatte sie trotzdem verstanden.

„Gewiss." Die junge Dienerin stand auf und pustete die Kerzen und Lampen aus. Dann ging sie zum Kamin und legte noch ein paar Kohlen nach, um den Raum so warm wie möglich zu halten, nahm sich einen Stuhl und setzte sich neben das Bett.

Charlotte lächelte ihr schwach aber dankbar zu und schloss die Augen in der Hoffnung wenigstens etwas Schlaf zu finden.

Theodor war erschöpft. Der Abend hatte nicht geliefert, was er erhofft hatte. Statt lachen, tanzen, neue Freundschaften und einer Verlobungsankündigung, die alle glücklich machte, gab es gebrochene Herzen, Tränen und lange Unterhaltungen.

Er hatte die letzten zwei Stunden mit Ernst Woodridge und seinem Sohn William verbracht. Zum Glück sah das Ergebnis vielversprechend aus. Beide Herren verstanden, warum der Abend so schrecklich geendet hatte.

Theodor wollte nur noch ins Bett gehen, aber es gab eine weitere Person, mit der er sprechen musste.

Die Angestellten hatten nach dem Ball alles aufgeräumt und sauber gemacht und die meisten Lampen und Kerzen waren ausgepustet. Alle schliefen schon, aber der Großherzog wusste, dass Hendrick noch wach war.

Er fand ihn im dunklen Ballsaal vor einem Fenster, von wo er das Schneegestöber draußen beobachtete. Theodor setzte sich neben ihn und wartete.

VEREINTE HERZEN ZU WEIHNACHTEN

Hendrick drehte sich nicht um, aber der alte Mann wusste, dass sein Enkelsohn ihn hereinkommen gehört hatte. Nach ein paar Minuten Schweigen ließ Hendrick einen langen Seufzer ertönen.

„Ich habe Charlottes Herz gebrochen, oder?"

„Ja, das hast du. Aber nicht nur du. Sie ist von sämtlichen Richtungen attackiert worden und deine Reaktion war die Spitze des Eisberges."

„Woher weißt du überhaupt davon?" Der junge Mann setzte sich neben seinen Großvater und blickte ihn fragend an.

„Ich hatte an diesem Abend mehrere lange Gespräche und habe mich auch mit deiner Schwester unterhalten, bevor sie ging. Sie hat mir erzählt, was zwischen dir und Charlotte vorgefallen ist."

Theodor gähnte, sprach aber gleich darauf weiter. „Nun, bevor wir den Abend diskutieren, möchte ich noch etwas zu Charlottes Verteidigung sagen. Nichts, was heute passiert ist, war ihre Schuld. Ich verstehe, dass es dich überrascht und auch überrumpelt hat, dass du verletzt wurdest und es dich aus der Bahn geworfen hat, aber Charlotte ist das Opfer. Sie wusste nicht, dass ihr Vater deinen Onkel eingeladen hatte. Sie ging davon aus, dass ihr Vater es ernst gemeint hatte, als er ihr erlaubte sich selbst jemanden zu suchen. Charlotte war zwar wegen vergangener Streitigkeiten skeptisch, vertraute ihrem Vater aber genug, sodass sie glaubte, er würde sein Wort halten. Bitte glaube mir, Charlotte trifft keine Schuld."

„Ich weiß." Hendrick seufzte wieder. Er fuhr sich mit der Hand durch sein dunkles Haar und sah einfach nur müde aus. „Denkst du, dass ich Charlottes Vertrauen wieder erlangen kann?"

„Ja. Sie liebt dich; darüber bin ich mir sicher. Ihr Herz gehört dir, aber das lindert ihren Schmerz auch nicht."

„Was kann ich tun, um dies in Ordnung zu bringen?"

„Du musst so schnell wie möglich mit ihr reden. Je länger du wartest, umso mehr entfernt sie sich von dir. Ihr Vater sagte mir, dass er morgen Vormittag bei uns vorbeikommen wird, damit du mit ihm sprechen und um ihre Hand anhalten kannst. Er hat heute realisiert, wie gierig und selbstsüchtig er mit seinen Zielen und Wünschen geworden ist. Egoismus hat ihn dazu getrieben, seine Tochter so unter Druck zu setzen. Allerdings gibt es ein paar Dinge, die du über sie wissen musst. Ihr Vater bestand darauf, alles offen und ehrlich zu besprechen und dafür achte ich ihn sehr." Theodor hielt kurz inne, aber wenige Augenblicke später fuhr er fort.

„Er sagte, von seinen drei Kindern war Charlotte von Anfang an diejenige die sich ihm in vielen Dingen widersetzte. Sie ist eine der nettesten und liebevollsten Frauen, die du finden kannst, aber wenn jemand versucht sie zu etwas zu zwingen, dass ihr nicht als gerecht oder richtig erscheint, wehrt sie sich mit Händen und Füßen."

Theodor sah wie Hendrick nachdenklich nickte. „Schon als kleines Mädchen hatte Charlotte ein großes Problem mit den Regeln der feinen Gesellschaft. Sie hasste es, dass nur weil jemand keinen Adelstitel hatte, sie diese Person schlechter behandeln sollte. Sie weigerte sich die Diener des Hauses fühlen zu lassen, dass sie unter ihr waren. Charlotte weiß, dass viele der Bediensteten aus sehr armen Verhältnissen kommen und die Arbeit und Bezahlung brauchen, aber sie weigert sich ihren Status, Titel und Vermögen zu benutzen, um die andere Person in die Schranken zu weisen. Ein bürgerlicher ist genauso wichtig wie der Adel."

Nach einer kurzen Pause redete er weiter. „Ihr Vater erzählte mir, dass er viele Argumente mit ihr hatte als sie alt genug war um der Gesellschaft präsentiert zu werden. Sie hasst es, wie das soziale

Leben des Adels ihr Leben zu bestimmen scheint. Bei jedem Ball oder gesellschaftlichen Verpflichtungen hatte sie das Gefühl, sie durfte sich nur den Männern präsentieren, die einen hohen Stand hatten und einflussreich waren. Es war ganz egal wie sie über diese Männer fühlte, solange ihr Vater mit dem Verehrer zufrieden war. Herzog Woodridge erwähnte sogar eine Unterhaltung, die er an dem Abend vor der Abreise seiner Tochter mit ihr hatte."

Theodors Gesichtsausdruck wurde etwas weicher. „Charlotte machte es sehr deutlich, was sie von der Einstellung ihres Vaters hielt und wie sehr es sie störte, dass er einen Ehemann für sie genehmigen muss und sogar die Entscheidung alleine fällen kann. Sie hatte ein großes Problem damit, dass William ihr den Hof machte und beschwerte sich in den letzten zwei Jahren sehr oft bei ihrem Vater. Sie warf dem Herzog sogar an den Kopf, dass sie für ihn nur ein Tier war, dass er einfach an einen Mann, den er für gut hielt, versteigern konnte."

Hendrick konnte sich ein Grinsen nicht verkneifen. Er konnte sich das sehr gut vorstellen.

„Ihr Vater sagte, da sie schon immer sehr direkt und forsch war, fühlte sie sich verpflichtet gegen Ungerechtigkeit anzugehen und sich von anderen nicht ihren Willen aufzwingen zu lassen. Obwohl er mit ihr oft zusammen rasselte und Meinungsverschiedenheiten hatte, bewunderte er ihr Durchsetzungsvermögen und ihre Stärke, nahm sich aber nie die Zeit ihr das auch mal zu sagen."

Theodor seufzte. „Die Ereignisse des heutigen Abends haben Charlotte gebrochen und ihrem Vater ist das auch bewusst. Ihr Verhalten ihrem Vater und William gegenüber machte sehr deutlich wie sehr Herzog Woodridge seine Tochter verletzt hatte. Sie waren sich in der Vergangenheit oft uneinig, aber das waren Kleinigkeiten und nicht der Rede wert. Sie hat zwar nicht jede

Auseinandersetzung gewonnen, aber sie hatte trotzdem das Gefühl eine gewisse Kontrolle über die Situation zu haben."

Er schloss kurz die Augen, als Müdigkeit ihn übermahnte, zwang sich aber weiterzusprechen.

„Das war heute nicht der Fall. Ich einem winzigen Augenblick, ist ihre gesamte Welt zusammen gestürzt. Ihr Vater erkannte ihre Niedergeschlagenheit. Am heutigen Abend ist Charlotte bewusst geworden, dass es ganz egal war wie stark, eigensinnig und unnachgiebig sie war, ihr Vater hatte die Macht sie in eine Heirat zu zwingen, obwohl sie sich mit Händen und Füßen dagegen wehrte. Dieser Gedanke macht ihr nicht nur Angst, es macht sie auch hoffnungslos und gibt ihr das Gefühl versagt zu haben."

„Was meinst du damit?"

„Ich meine, dass Charlotte nicht nur verletzt ist, sie fühlt sich verlassen und betrogen. Es war schlimm genug, dass sie ihren Vater und William gegen sich hatte, als du sie auch noch angegriffen hast, hatte sie das Gefühl, das kein einziger Mann in ihrem Leben auf ihrer Seite war. Da ihr Vater nicht zu ihr stand und sie beschützte, hatte sie gehofft wenigstens von dir Unterstützung, Verständnis und Schutz zu bekommen. Diese Hoffnung zerbrach mit eurer Auseinandersetzung."

„Es tut mir so unsagbar leid. Ich hätte mich von dem Schock nicht so aus der Fassung bringen lassen dürfen. Sie hatte das nicht verdient. Du hast recht, ich habe ihr gegenüber versagt. Ich hätte sie beschützen und für sie kämpfen müssen ganz egal wie ich über die Situation fühlte."

Hendrick verbarg seinen Kopf in seinen Armen. Er schämte sich darüber wie er sie behandelt hatte und war über sich selbst enttäuscht.

VEREINTE HERZEN ZU WEIHNACHTEN

„Charlotte wird dir vergeben, aber du musst es schaffen, dass sie dir zuhört. Sie hat eine riesige Wand aufgebaut, um sich selbst zu schützen. Es wird nicht einfach sein diese zu brechen. Ihr Vater wird versuchen mit ihr zu sprechen bevor wir Heiligabend mit ihnen verbringen werden. Er weiß aber auch, dass es keine Garantie gibt, dass ein Gespräch erfolgreich sein wird. Ich hoffe und bete, dass er die richtigen Worte findet, um ihr Herz zu erreichen. Weihnachten ist das Fest der Liebe und sollte ein freudiges Ereignis sein."

„Onkel William hat sich aber auch den verkehrtesten Augenblick für seine Bekanntmachung ausgesucht."

„Das hat er. Er hatte gehofft das es Charlottes Herz ihm gegenüber öffnen und erweichen würde, wenn er es in unserem Haus und während des Weihnachtsballes machen würde, aber das ging nach hinten los."

Als Ernst Stunden später in das Haus seiner Schwiegereltern trat, war alles ruhig. Er erwartete, dass sämtliche Hausbewohner, Dienstboten und seine eigene Familie bereits im Bett waren und somit war er doch sehr überrascht als ihm seine Frau entgegenkam. Sie bat ihn ihr in den Salon zu folgen und die beiden setzten sich.

„Ernst, was ist nur geschehen? Ich habe dich schon oft mit Charlotte argumentieren sehen, aber diese schreckliche Bekanntmachung heute war nun wirklich zu viel des Guten."

Er seufzte und senkte den Kopf. „Ich weiß. Ich fühle mich furchtbar und mich trifft auch die meiste Schuld. Nachdem ihr abgefahren seid, hatte ich eine lange Unterhaltung mit dem Großherzog. Er hat meine Augen in vielerlei Hinsicht geöffnet."

Ernst Woodridge erzählte seiner Frau was mit der Schwester der Großherzogin geschehen war und Johanna wich die Farbe aus dem Gesicht.

„Mir ist heute bewusst geworden, wie egoistisch ich gewesen bin. Gleich am Anfang unserer Bekanntschaft erzählte mir William Worthington, dass er eine enge Verbindung zu der königlichen Familie hat und der Kronprinz ein sehr enger Freund ist. Ich wollte mit der königlichen Familie schon lange eine engere Beziehung aufbauen, vielleicht sogar Geschäfte mit dem König und der Königin machen." Er schüttelte seinen Kopf.

„Dieser Gedanke setzte sich in mir fest und bekam mein Ziel. Da Charlotte unsere jüngste ist und noch keinen wirklichen Verehrer gefunden hatte, sah ich das als perfekte Möglichkeit das zu erreichen, was ich unbedingt wollte. Es war mir egal was mit unserer Tochter passierte. Ich wusste, dass William Charlotte sehr gerne hatte, aber nicht liebte. Ihm gefiel der Gedanke eine junge hübsche Frau zu haben und ich entschuldigte mein selbstsüchtiges Verhalten damit, dass Charlotte einen guten Ehemann haben und gut versorgt sein würde. Nicht einmal habe ich über ihre Gefühle nachgedacht."

Ernst drückte die Hand seiner Frau und blickte sie liebevoll an. Er war dankbar, dass sie ihm nur zuhörte und nicht mit ihm schimpfte.

„Ich habe Charlotte das Herz gebrochen. Als ihr Vater hätte ich sie beschützen sollen. Ich hätte für sie da sein müssen und ihr die Aufmerksamkeit geben sollen, die sie verdiente. Ich hätte wirklich zuhören sollen, um zu verstehen, was sie mir zu sagen und klarzumachen versuchte. Als Vater habe ich versagt. Hoffentlich können wir das Verhältnis, das wir einst hatten, wieder herstellen und ich kann ihr Vertrauen zurückgewinnen."

VEREINTE HERZEN ZU WEIHNACHTEN

„Wie wird es jetzt weitergehen?" Johanna blickte ihren Ehemann an, Sorge und Unruhe kehrten in ihre Augen zurück.

„William wird Charlotte nicht länger den Hof machen. Er war am Ende genauso betroffen wie ich und hat verstanden, dass Charlotte einfach nicht die Richtige für ihn ist. Er hat seinem Vater gesagt, dass er morgen zu Verwandten reisen wird, um mit ihnen das Weihnachtsfest zu verbringen. Ihm ist bewusst, dass wir alle ein wenig Abstand und Zeit brauchen um zu heilen."

Die Herzogin war erleichtert. Wenigstens war das Problem aus dem Weg geschafft.

„Ich muss mit Charlotte reden."

„Was? Wann, jetzt? Sie schläft vielleicht schon."

„Ich weiß, aber ich muss mit ihr sprechen, um uns beiden Frieden zu beschaffen. Sie muss wissen, dass ich mich schrecklich fühle und was sie mir bedeutet."

Die Herzogin nickte verstehend.

„Würdest du mit mir kommen? Vielleicht wäre es ganz gut dich im Raum zu haben. Ich weiß nicht, ob und wie Charlotte reagieren wird. Dich dabei zu haben, hilft ihr vielleicht etwas offener an die ganze Sache ranzugehen."

„Selbstverständlich schließe ich mich dir an. Und Ernst, danke. Meine Tochter, so verstört und unglücklich zu sehen, hat auch mein Herz gebrochen." Sie küsste ihn auf die Wange und sie erhoben sich, verließen das Zimmer und gingen die Treppe hinauf, um zu Charlottes Schlafkammer zu gelangen.

Ernst klopfte und wenige Augenblicke später öffnete Eliza die Tür. „Euer Gnaden! Herzogin! Gibt es etwas, was ich für Euch tun kann?" Sie machte einen tiefen Knicks und Ernst Woodridge blickte Hilfe suchend seine Frau an. Er wusste nicht, wie er sein Vorhaben am besten erklären sollte.

Johanna lächelte der jungen Frau zu. „Wir würden gerne mit unserer Tochter sprechen. Ist sie noch wach?"

„Ich bin mir nicht sicher, Lady Woodridge. Sie hat seit ungefähr einer Stunde nicht mehr mit mir gesprochen und somit kann es durchaus sein, dass sie wach ist oder auch nicht. Ich weiß aber nicht, ob sie sich wohl genug fühlt, um eine Unterhaltung zu haben." Ihre Augen ruhten auf dem Herzog, als sie das sagte und er seufzte.

„Ich muss es versuchen. Diese Angelegenheit kann nicht länger warten."

Eliza nickte verständnisvoll, knickste noch einmal und ließ das Ehepaar alleine zurück. Es war an der Zeit, ebenfalls an Schlaf zu denken.

Ernst klopfte wieder und betrat den Raum, gefolgt von seiner Frau. Es war dunkel im Zimmer, nur der Kamin brachte etwas Licht in den Raum.

„Charlotte?" Der Herzog flüsterte es laut genug, sodass sie es hören konnte, falls sie noch wach war, aber leise genug, um nicht ihren Schlaf zu stören. Wie erwartet reagierte sie nicht.

Johanna setzte sich auf die Kante des Bettes ihrer Tochter und Ernst ließ sich auf den Stuhl nieder, den Eliza zurückgelassen hatte. Der Herzog blickte seine Frau an und sie nickte ihm aufmunternd zu.

VEREINTE HERZEN ZU WEIHNACHTEN

„Charlotte, ich weiß, dass du vermutlich nicht mit mir sprechen möchtest, vielleicht nicht einmal wach bist, aber ich muss dir meine Gedanken mitteilen und dich wissen lassen, was mir auf dem Herzen liegt. Der heutige Abend hatte ein furchtbares Ende und mein Benehmen war verachtenswert und unverzeihlich. Ich habe dich verletzt, wie noch nie zuvor. Wir hatten unsere Schwierigkeiten über die Jahre, schließlich sind wir ja beide sehr eigensinnig und unnachgiebig, aber wir haben am Ende doch immer eine Lösung gefunden. Leider nicht dieses Mal."

Er seufzte. „Ich habe während der letzten zwei Jahre schrecklich versagt. Als dein Vater ist es meine Aufgabe für dich, da zu sein, dich zu lieben und zu schützen, und das habe ich nicht getan. Ich habe nur an mich gedacht. Meine abscheuliche Selbstsüchtigkeit habe ich genutzt, um dir zu zeigen, dass ich das letzte Wort haben werde."

Er hielt kurz inne, um die Wut, die er für sich selbst empfand, wieder unter Kontrolle zu bringen.

„Du hattest recht, als du mir heute vorgeworfen hast, dass ich deine Gefühle nicht berücksichtigen würde. Ich habe wirklich nicht an dich, sondern nur an mich gedacht. Ich hätte nie tun dürfen was ich tat und hätte sofort eingreifen müssen, als William eure Verlobung bekannt gab. Bitte gib ihm keine Schuld. Er hat nur aus Begeisterung gehandelt und sich zu etwas verleiten lassen, wozu er kein Recht hatte."

Charlotte hielt den Atem an. Sie hatte ihre Eltern hereinkommen gehört und auch wenn sie mit ihrem Rücken zu ihnen lag, wusste sie, dass es ihre Mutter war, die auf der Bettkante saß.

Ihr Herz schmerzte furchtbar, aber zu hören, wie ihr Vater seine Fehler zugab und ihr zu verstehen gab, dass er ihr Unrecht getan hatte, trieb Tränen in ihre Augen.

Sie war kurz davor, ihre Fassung zu verlieren und es beanspruchte intensive Konzentration, die Schluchzer zu unterdrücken, die ihrer Kehle entweichen wollten.

Ihr Vater meinte seine Worte ernst. Sie konnte an seiner Stimme hören, wie ärgerlich und enttäuscht er mit sich selbst war und sogar mit den Tränen kämpfte.

„Ich verstehe, dass du kein Vertrauen mehr zu mir hast. Ich habe unmöglich gehandelt und unsere Beziehung zerstört. Aber ich möchte, dass du weißt dass, auch wenn ich ein grauenvoller Vater war, ich dich liebe, Charlotte. Ich habe mich dir gegenüber fürchterlich benommen, aber meine Liebe für dich war immer da."

Er schluckte. „Auch wenn ich es dir nie gesagt habe, liebe ich deine Dickköpfigkeit und Temperament, deine Entschlossenheit für deine Rechte zu kämpfen und sogar deine irritierende Offenheit. Ich liebe dich so, wie du bist und muss dich um Verzeihung bitten. Du verdienst einen Vater, der dich beschützt und für dich kämpft. Ich werde versuchen von nun an dieser Mann zu sein. Ich habe dir in den letzten Jahren nicht genug gezeigt, wie viel du mir bedeutest, aber ich habe nie aufgehört, dich zu lieben."

Johanna hatte Tränen in den Augen und nahm die Hand ihres Mannes. Bevor Charlotte es verhindern konnte, entwichen tiefe und herzzerreißende Schluchzer ihrer Kehle.

Sie drehte sich auf ihren Bauch, verbarg ihr Gesicht im Kissen und ließ ihren Tränen freien Lauf.

Ihr gesamter Körper bebte, während sie krampfhaft versuchte, sich wieder etwas unter Kontrolle zu bekommen.

Ihre Eltern beobachteten sie für einen Moment, bevor die Arme ihres Vaters sie umfassten. Er hob sie hoch und zog sie fest in seine Arme.

Als Charlotte die muskulösen, aber liebenden Arme ihres Vaters um sich fühlte, wurde aus ihrem Schluchzen ein richtiger Weinkrampf. Ernst hielt sie fest gegen seinen Brustkorb gedrückt und gab ihr die Möglichkeit, es alles herauszulassen.

Johannas Augen füllten sich ebenfalls wieder mit Tränen, aber es waren Tränen der Erleichterung, Liebe, Frieden und Dankbarkeit, dass ihr Mann es geschafft hatte, das Herz seiner Tochter zu erreichen. Die Mauer zwischen ihnen fing an, abzubröckeln.

Nachdem Charlotte aufhörte zu schluchzen, setzte ihr Vater sie auf einer Polsterbank ab, setzte sich neben und legte einen Arm um ihre Schultern. Sie kämpfte kurz mit sich, gab dann aber nach und lehnte sich gegen die Brust ihres Vaters. Ernst lächelte seiner Frau zu.

„Es wird dauern, bis wir unser gutes Verhältnis wiederhergestellt haben, aber ich möchte, dass du weißt, dass ich deine Gefühle sehr ernst nehme. Du kannst heiraten, wen auch immer du willst und für würdig erachtest. Der Großherzog ist ein ganz bemerkenswerter Mann und hat seinem Sohn und mir geholfen, ein paar Dinge mit anderen Augen zu sehen. Du hattest recht. Ein Adelstitel oder Rank innerhalb der Gesellschaft sollte niemals wichtiger sein, als Gefühle und Personen, die einem etwas bedeuten. Danke, dass du in dem Punkt niemals nachgegeben hast. Ich verstehe es endlich."

Charlotte dachte lange über den Abend nach, bevor sie sich zum Schlafen zwang. Sie musste zugeben, dass die Ereignisse des Tages ein Schlag ins Gesicht gewesen waren und ihre gesamte heile Welt zusammengebrochen war.

Sie erkannte aber auch das Positive, das sich daraus entwickelte. Vielleicht hatte es sie von den Füßen gerissen, aber die geführten Unterhaltungen hatten dazu beigetragen, dass sie das Gefühl hatte, dass alles irgendwie gut werden würde.

Es war noch nicht überstanden und ihr Herz schmerzte immer noch, aber ein Teil ihres Herzens war bereit zu heilen. Sie erinnerte sich an die Nacht, in der sie Eliza ihre Sorgen und Ängste mitgeteilt hatte.

Sie wollte selber entscheiden können, aber der Unwille ihres Vaters, lag ihr auf der Seele und sie war sich sicher, dass seine Dickköpfigkeit ihr zum Verhängnis werden würde.

Eliza hatte ihr gesagt, dass sie für ein Weihnachtswunder beten würde. Vielleicht gab es noch eine Chance, dass diese Weihnachten nicht ruiniert waren.

Als sich Gedanken über Hendrick Worthington in ihrem Kopf festsetzen wollten, fing ihr das Herz wieder an weh zu tun und sie schob diese Gedanken beiseite. Jetzt war nicht die Zeit, über den jungen Mann nachzudenken. Vielleicht musste all das geschehen, damit sie wusste, dass Hendrick und sie nicht zusammengehörten. Gott hatte die Kontrolle. Nicht sie.

Kapitel 9

Obwohl sie nur wenig Schlaf bekommen hatte, wachte Charlotte sehr früh auf. Das Haus war noch ganz still. Sie entschied sich, nicht auf ihre Zofe zu warten und zog sich ihre Reitkleidung an. Eliza hatte es verdient einmal auszuschlafen und konnte ihr die Haare auch später noch machen.

Sie schlich sich leise die Treppe hinunter und eilte aus dem Haus umso schnell wie möglich zum Stall zu gelangen. Zu ihrer Überraschung war ihr Großvater bereits im Stall und sein Pferd war gesattelt und bereit für einen Ausritt. Der alte Mann lächelte ihr liebevoll zu und nahm sie in seine Arme.

„Ich habe gehofft, dich hier zu treffen. Würdest du mir erlauben, dich auf deinem Ausritt zu begleiten?"

Charlotte blickte in seine Augen. Sie wollte alleine sein, aber es kam selten vor, dass sie mit ihrem Großvater Zeit verbringen konnte und sie sah in seinen Augen, dass es etwas gab, worüber er mit ihr sprechen wollte, also nickte sie.

Ein Stallbursche sattelte nun auch ein Pferd für die junge Frau und die beiden verließen das Gebäude. Es war sehr kalt und doch wunderschön. Da es die ganze Nacht geschneit hatte, war der Schnee ziemlich hoch, aber sie führten ihre Pferde in den Wald, wo der Boden durch die Bäume vom Schnee etwas geschützter war.

Sie ritten eine Weile still nebeneinander her, bis ihr Großvater sich räusperte. „Wie fühlst du dich heute?"

„Ein wenig besser. Es war gut, dass mein Vater letzte Nacht noch mit mir geredet hat."

„Ist damit alles wieder beim alten?"

„Nein, noch nicht alles, aber es geht doch in die richtige Richtung." Die Unterhaltung brach ab und sie genossen den schnellen Ritt durch den wunderschönen Winterwald.

Die Stille war erholsam. Charlotte atmete tief ein. Es gefiel ihr, ihren Atem und den Atem ihres Pferdes in der kalten Luft zu sehen. Negative Gedanken wollten sich einen Weg in ihren Kopf bahnen, aber sie zwang sich, diese zu ignorieren.

Der Schnee verschluckte die Geräusche der Hufe und sie konzentrierte sich darauf, die Schönheit der Natur zu genießen. Nach einer gefühlten Ewigkeit unterbrach ihr Großvater die Stille.

„Ich bin froh, dass dein Vater gestern noch ein Gespräch mit dir gesucht hat. Ich mische mich in solche Angelegenheiten nicht ein, aber ich möchte doch gerne etwas Weisheit mit dir teilen. Ich weiß nicht, wer bei dir noch etwas gutzumachen hat und ich werde dich auch nicht unter Druck setzen mir zu sagen, wer es ist, aber wenn diese Person versucht sich dir zu nähern und ein Gespräch sucht, versuche offen zu sein und zuzuhören."

Er blickte sie kurz an, bevor er weiterredete. „Mir ist bewusst, dass dich der gestrige Abend sehr verletzt hat und dass es Zeit braucht, darüber hinwegzukommen, aber ich habe in meinem eigenen Leben gesehen, dass die Menschen, die uns am nächsten stehen, auch diejenigen sind die uns am schnellsten verletzen."

Charlotte blickte ihn aufmerksam an und das ermunterte ihren Großvater weiterzusprechen.

„Meistens wollen uns diese Personen aber gar nicht wehtun. Es gibt so viele Gründe, warum jemand Dinge sagt, die er nicht so meint. Nun, ich sage nicht, dass du vergeben sollst, wenn du für so einen Schritt noch nicht bereit bist. Ich bitte dich allerdings nicht nur mit deinen Ohren zuzuhören, sondern auch mit deinem Herzen. Dein Herz wird dich nicht im Stich lassen. Es wird dir helfen zu fühlen, ob die andere Person ehrlich ist und es ernst mit dir meint und dein Herz heilen möchte."

Charlotte blickte den Grafen eine Weile an, bevor sie ihm ein schwaches Lächeln schenkte und ihm dankbar den Arm drückte.

„Danke, Großvater. Ich werde versuchen, deinen Rat zu befolgen und daran zu denken, mit meinem Herzen zuzuhören."

Die Unterhaltung mit ihrem Großvater hatte sie daran erinnert, dass die Worthingtons am Nachmittag kommen würden, um mit Charlotte und ihrer Familie den Heiligabend zu verbringen.

Der Gedanke daran machte sie nervös, denn sie war sich nicht sicher, ob sie schon bereit war sich Hendrick zu stellen. Die Dinge, die er ihr am vorigen Abend an den Kopf geworfen hatte, waren noch sehr deutlich in ihrem Gedächtnis und taten auch noch weh. Ihr Herz hatte das alles noch nicht überwunden.

Sie konnte nicht leugnen, dass ihre Gefühle für den jungen Mann stärker denn je waren und ein Teil von ihr wollte vergeben, vergessen und diese Sache hinter sich lassen, aber der größere Teil von ihr fragte sich immer noch, ob dieses Erlebnis nicht doch ein Zeichen war, das die beiden nicht zusammengehörten.

Charlotte zog sich ihren dicken Wintermantel über, nahm sich eine Decke und verschwand in den Garten, bevor die Worthingtons erwartet wurden. Sie zog sich auf eine Bank vor der großen Tanne zurück, die im hinteren Bereich des Gartens über andere Bäume und Büsche ragte.

Direkt neben dem Baum stand ein wunderschöner, romantischer Pavillon. Es war ein offenes Holzgerüst, hatte aber ein Dach, das ihr Schutz geben würde, falls sich das Wetter ändern sollte.

Sie hatte noch nicht lange gesessen, als es auch schon zu schneien begann und sie sich auf einer Bank unter dem Dach des Pavillons Schutz suchen musste. Sie beobachtete wie der Schnee zu Boden fiel. Es half ihr, sich zu entspannen. Sie hoffte, dass sie hier in Ruhe gelassen und niemand nach ihr suchen würde.

Nachdem die Gäste angekommen und begrüßt worden waren, fragte Faith wo sie Charlotte finden könnte. Eliza informierte sie, dass sie die junge Frau schon eine ganze Zeit nicht mehr gesehen hatte, sie aber irgendwo im Garten vermutete. Bevor Faith nach draußen eilen konnte, um Charlotte zu suchen, ergriff Hendrick den Arm seiner Schwester.

„Ich muss mit ihr alleine reden. Könntest du bitte so lange warten, bis ich mit Charlotte gesprochen habe? Ich weiß nicht, wie sie auf eine Unterredung reagieren wird, aber ich muss es zumindest versuchen."

Faith nickte verstehend und lächelte ihrem Bruder aufmunternd zu. Sie beobachtete ihn, wie er durch die Hintertür nach draußen verschwand und blickte ihm hinterher, bis sie ihn nicht mehr sehen konnte. Erst dann wandte sie sich um und trat zu ihrem Ehemann und dem Rest der Gesellschaft.

VEREINTE HERZEN ZU WEIHNACHTEN

Charlotte saß mit ihrem Rücken zum Haus und war vollkommen in Gedanken versunken. Sie sah Hendrick nicht und hörte ihn auch nicht näher kommen. Er stand etwas versteckt und beobachtete sie eine Weile.

So schrecklich er sich auch fühlte, sein Herz schlug ihm bis zum Hals, als er dieses hübsche Mädchen ansah. Er liebte sie von ganzem Herzen und war fest entschlossen, alles in seiner Macht Stehende zu tun, um ihr Vertrauen zurückzugewinnen.

Sie füllte sein Leben mit Liebe und Glück. Sie war sein Gegenstück und er konnte sich ein Leben ohne sie einfach nicht mehr vorstellen. Er wollte sie heiraten, sobald sie ja sagen würde.

„Charlotte." Hendrick trat dichter.

Charlotte erschrak fast zu Tode, als sie so plötzlich seine tiefe Stimme nicht sehr weit von sich vernahm. Sie erhob sich und drehte ihren Kopf, damit sie ihn ansehen konnte.

Hendrick war so furchtbar gutaussehend. Ihr Herz schlug schneller, als sie ihn sah. Es forderte ihre gesamte Anstrengung, ihm nicht ihr strahlendes Lächeln zu schenken. Sie musste sich immer wieder ins Gedächtnis rufen, dass er am Abend zuvor sehr verletzende Dinge zu ihr gesagt hatte und sie nicht einmal wusste, warum er in diesem Augenblick ihre Nähe suchte.

Der junge Mann hatte ähnliche starke Gefühle. Er wollte sie in seine Arme ziehen und nie wieder loslassen. Er wollte ihr einen leidenschaftlichen Kuss auf ihre hübschen Lippen pressen, aber er musste zuerst um Verzeihung bitten und herausfinden, wie aufgebracht sie war. Ihr gequälter Gesichtsausdruck verschlimmerte seine Schuldgefühle, obwohl er hätte schwören können, dass sie versuchte, ein Lächeln zu unterdrücken.

„Euer Gnaden", sagte sie kurz angebunden und deutete einen Knicks an.

„Es ist Hendrick." Sein Versuch, dass sie ihm gegenüber auftaute, war nicht sehr erfolgreich. „Kann ich mit Euch sprechen?"

„Ihr könnt tun und lassen, was Ihr wollt, Euer Gnaden", erwiderte sie mit ernstem Gesicht und verzog keine Miene. „Schließlich seid Ihr ein Herzog."

„Oh, Charlotte, bitte seid nicht so. Es tut mir so unsagbar leid. Mein Benehmen gestern Abend war unverzeihlich. Ich habe mich schändlich benommen und schäme mich für die schrecklichen Dinge, die ich zu Euch gesagt habe. Verzeiht mir. Ich habe nichts davon ernst gemeint, aber ich weiß, dass es Euch sehr verletzt hat."

„Was Ihr nicht sagt", erwiderte sie mit tiefer Ironie in ihrer Stimme und ihr Mund verzog sich zu einem Schmollen.

„Ich dachte, dass gerade Ihr mich verstehen würdet. Könnt Ihr tatsächlich nicht die Qual und das gebrochene Herz verstehen, wenn der eigene Vater einen versucht, mit jemandem zu verheiraten, den man nicht liebt? Niemand stand mir bei. Alle schienen gegen mich zu sein. Habt Ihr wirklich keine Vorstellung davon, wie einsam ich mich gefühlt habe? Meine Welt zerbrach. In dem Moment, wo ich wirklich jemanden an meiner Seite brauchte, war ich ganz alleine."

„Ich weiß. Ihr verdient so viel mehr als das, was ich Euch gestern geboten habe. Ich hätte nicht sagen dürfen, was ich zu Euch gesagt habe. Die Bekanntgabe der Verlobung, der Gedanke, dass mein eigener Onkel Euch den Hof gemacht hat, hat mich völlig überrumpelt und ich wusste nicht, wie ich damit umgehen sollte. Ich habe völlig falsch gehandelt, aber ich habe nur aus Fassungslosigkeit so verletzend gesprochen."

„Woher soll ich wissen, dass Ihr es nicht so gemeint habt? Wie kann ich, nach allem, was Ihr zu mir gesagt habt, sicher sein, dass so ein Ausbruch nicht noch einmal passiert, wenn etwas Unvorhergesehenes passiert? Ich habe geglaubt, dass Ihr mich verstehen und unterstützen würdet. Eure Schwester versicherte mir, dass Ihr mir zuhören und mich nicht gleich verurteilen würdet. Wie ich gestern bereits gesagt habe, habe ich nicht mit Eurem Onkel gerechnet und wusste auch nicht, dass er mit Euch verwandt ist."

Ihre blauen Augen sahen in seine und er konnte die Traurigkeit und Verzweiflung sehen.

„Vielleicht war das alles ein Zeichen, dass wir nicht zusammenpassen." Tränen stiegen in ihre Augen und sie musste schwer schlucken.

„Nein. Wenn überhaupt, ist es ein Test, um zu sehen, ob wir Kompromisse und Lösungen finden können, wenn etwas passiert über das wir wenig Kontrolle haben."

Charlotte wischte sich die Tränen aus den Augen, blickte ihn aber skeptisch an. Sie war sich da nicht so sicher. Für einen kurzen Moment wurde ihr Gesichtsausdruck etwas weicher, bevor das Schmollen zurückkehrte.

Sein Gesichtsausdruck spiegelte die Liebe wieder, die er für sie empfand und sie wusste, dass sie eine Ausrede finden musste, um ihm auszuweichen. Sie war noch nicht so weit.

„Ihr seht immer noch ungehalten und verärgert aus. Ich weiß, dass Ihr innerlich erzürnt seid", sagte er schnell und seine Stimme hatte einen spitzbübischen Unterton.

„Falls Ihr diese starken Emotionen loswerden wollt, könnte ich Holzhacken sehr empfehlen." Dieser Vorschlag lockte ihr fast ein Lächeln auf die Lippen.

„Oder, Ihr könntet Genugtuung verlangen und mich zu einem Duell herausfordern", fuhr er fort und ihre Lippen zuckten amüsiert. „Was ist Eure bevorzugte Art des Duellierens? Bogenschießen? Fechten? Vielleicht Lanzen-stechen?"

Charlotte blickte ihn mit großen Augen an. Ein Teil von ihr war über seine humorvolle Art und Vorschläge verärgert, ein anderer Teil erheitert. Sie zwang sich, unbeeindruckt zu wirken.

„Was wäre, wenn die Waffe meiner Wahl eine Pistole wäre?"

„Ihr würdet mich erschießen wollen?" Sie spürte seine Augen auf ihrem Gesicht. Seine Lippen hatten sich zu einem halben Lächeln verzogen. Hendricks intensiver Blick war auf ihr und beschleunigte ihren Puls. Bevor er sie noch mehr verunsichern konnte, schlug sie die Augen nieder. Sie brauchte mehr Zeit.

Ihr Herz gehörte ihm und schlug für Hendrick Worthington, aber ihr Verstand kämpfte gegen ihr Herz mit einer Heftigkeit, die sie vorher noch nie gespürt hatte.

Er hatte sie beschuldigt, William ermutigt zu haben, ihr den Hof zu machen. Er hatte angedeutet, dass sie mit den Gefühlen seines Onkels gespielt hatte. Ja, sie liebte Hendricks Humor und Charme, aber was war mit seinem verletzenden Urteil? Konnte sie sich seines Charakters sicher sein? Würde sie weitere abfällige Bemerkungen von ihm ertragen können?

Hendrick hatte sie beobachtet. Er konnte sehen, wie sie innerlich kämpfte.

Charlottes Körpersprache signalisierte Widerstand. Er musste schnellstens etwas unternehmen, bevor er sie verlor.

„Charlotte?"

Sie hielt den Atem an. Sie hatte ganz vergessen, dass er da war.

Der innere Kampf ging ungezähmt weiter. Für einen kurzen Moment blickte sie zu ihm auf und er schaffte es, sie mit seinem Blick zu fesseln.

Nein! Ich kann das jetzt nicht. Sie brach den Augenkontakt ab und ging einen Schritt zurück.

„Ich ... vergebt mir, aber ich muss mich für einen Augenblick entschuldigen."

Sie wollte an ihm vorbeigehen, doch er hatte darauf gewartet und zog sie in seine Arme. Das war etwas, worauf sie nicht gefasst war. Eine innere Panik machte sich in ihr breit.

„Wohin wollt Ihr?"

„Ich glaube kaum, dass es Euch etwas angeht, wohin ich gehe."

Ihre Abwehrhaltung illustrierte den Stand ihrer Gefühle. Sie wollte sich ihren Gefühlen nicht stellen, aber es war der einzige Weg diese Sache hinter sich zu bringen.

„Charlotte, bitte seht mich an."

Sie schüttelte ihren Kopf. „Lasst mich gehen, Lord Worthington. Ihr habt keine Ahnung, wie schwer das ist."

„Ich verstehe Euch besser, als Ihr denkt. Ihr wollt vor mir und dieser Situation weglaufen, aber Heilung kann nur kommen, wenn Ihr Euch dem stellt. Ich liebe Euch, Charlotte Woodridge. Ich möchte Euch heiraten und ich möchte, dass zwischen uns alles wieder in Ordnung ist."

„Es ist nicht so einfach", murmelte sie, aber ihr Widerstand begann zu brechen.

„Liebt Ihr mich noch?"

„Ich bin mir nicht sicher."

Hendrick wusste, dass sie nicht die Wahrheit sagte. Er hob sanft ihr Kinn an, sodass sie ihn ansehen musste.

„Liebt Ihr mich noch?" Er blickte tief in ihre Augen und hatte seine Antwort, bevor sie in Tränen ausbrach.

Sie versuchte sich aus seinen Armen zu befreien, aber er hielt sie noch fester. Sie lehnte gegen seine Brust und bemühte sich, ihr Schluchzen wieder unter Kontrolle zu bekommen.

In dem Augenblick erinnerte sie sich an die Worte ihres Großvaters, die er während des gemeinsamen Ausrittes zu ihr gesagt hatte. Sie befragte ihr Herz.

VEREINTE HERZEN ZU WEIHNACHTEN

War er ehrlich? Konnte sie ihm vertrauen? Liebte sie ihn genug, um diese Sache hinter sich zu lassen und auch nicht zurückzusehen? Konnte sie vergeben und vergessen?

Als ihre Tränen versiegten und sie zu ihm aufsah, sagte ihr Herz ganz deutlich ja. Ja, zu all den Fragen in ihrem Kopf. Hendrick blickte in ihre Augen und bemerkte die Veränderung in ihr.

„Liebst du mich, Charlotte?" Sie nickte und ein breites Grinsen erschien auf seinem Gesicht. „Wirst du mir vergeben und zustimmen, meine Frau zu werden, wenn ich verspreche, dich immer zu lieben, zu schätzen und mit meinem Leben zu beschützen?" Er hielt den Atem an und starrte in ihre Augen.

Dieses Mal zögerte sie. Ein Teil von ihr wurde wieder etwas aufgebracht und es ärgerte sie, dass sie ihm nicht lange böse sein konnte. Ihr Ärger verschwand, als sie seinen Blick auf sich spürte. Wie konnte sie diesen durchdringenden, blauen Augen widerstehen?

Ihr Herz wollte Ja schreien, aber ihr Verstand entschied es nicht zu einfach für ihn zu machen. Er hatte sie geneckt, als er vorschlug Genugtuung zu verlangen. Jetzt war er an der Reihe, etwas geneckt zu werden.

„Ich sollte darüber nachdenken, um sicherzugehen, dass ich Euch auch die richtige Antwort gebe. Ich werde meiner Schwester in London schreiben und sie um Rat bitten. Sobald ich ihre Antwort habe, werde ich Euch Bescheid geben." Ihr ernster Gesichtsausdruck änderte sich nicht. Sie zuckte mit keiner Miene. Hendrick kniff die Augenbrauen zusammen.

„Aber jetzt müsst Ihr mich erst einmal entschuldigen. Es gibt noch mehr Gäste, die ich begrüßen muss." Sie trat zur Seite und wollte zum Haus eilen, kam aber nicht sehr weit, bevor er ihre Hand ergriff und sie zurück in seine Arme zog.

„Das ist nicht akzeptierbar. Du hast mir gesagt, dass du mich liebst. Du kannst nicht so kaltherzig sein."

„Ich habe nie gesagt, dass ich dich liebe. Ich habe zu deiner Frage genickt." Sie legte ihren Kopf schief und blickte ihn schelmisch an. Sein ernster Gesichtsausdruck verwandelte sich in ein selbstsicheres Grinsen.

Bevor sie wusste, wie ihr geschah, hatte er sie mit seinen Armen umfangen, hob sie mit Leichtigkeit hoch und zog sie dicht an seine Brust. Diese plötzliche und unerwartete Nähe zu ihm sorgte dafür, dass ihre Wangen lichterloh brannten. Ihr Herz trommelte.

Er drückte seine Lippen auf die ihren und gab ihr einen Kuss, der ihr den Atem nahm. Der Rest ihres Widerstandes ging in Flammen auf. Sie versuchte, sich von ihm zu befreien, war aber nicht erfolgreich. Als er sie endlich freigab und sie wieder auf den Boden stellte, schnappte sie nach Luft.

„Das war gemein. Du kannst mich nicht einfach so küssen", beschwerte sie sich lautstark. Sein Grinsen verstärkte sich.

„Warum ist das gemein? Du hast mir gerade damit gedroht, mich über mehrere Tage warten zu lassen, bevor du mir eine Antwort geben wirst. Warum soll ich meine eigenen Waffen nicht einsetzen dürfen? Ich wusste, es musste etwas sein, dass dich zum Nachgeben zwingen würde."

„Oh, ich verstehe. Wie viele Damen hast du bereits so geküsst, um das zu bekommen, was du wolltest?", fragte sie trocken und grinste ihn frech an. „Ist das Eure Art, eine Frau zu erobern, Lord Worthington? Sie mit einem Kuss wehrlos zu machen?"

Hendrick kniff die Augen zusammen und warf ihr einen Blick zu, der sie erröten ließ.

„Ich gebe nicht nach, nur, weil du mich so frech küsst. Es war aber ein guter Versuch", neckte sie weiter und feixte sich eins, während sie sich langsam von ihm entfernte. „Vielleicht solltest du das Erobern noch ein wenig üben. Sicher wirst du beim nächsten Mal erfolgreicher sein."

Er ließ sie nicht weitergehen. Sie befand sich wieder in seinen Armen und er trug sie aus dem Pavillon und ging direkt auf einen großen Schneehaufen zu.

„Du wirst dafür bezahlen, Charlotte Woodridge", raunte er ihr knurrend zu und ihre Wangen waren sofort wieder in Flammen. Vor dem Schneehaufen blieb er stehen.

„Ich gebe dir eine letzte Chance deine Meinung, hinsichtlich wann du meine Fragen beantworten solltest, zu ändern", ermahnte er sie und sein Gesichtsausdruck spiegelte Heiterkeit und Vergnügen wider. „Ansonsten kann ich nicht garantieren, dass du in meinen Armen weiterhin sicher verweilen wirst."

„Du würdest es nicht wagen", zischte sie ihm zu und kniff gefährlich ihre Augen zusammen.

„Es ist Eure Entscheidung, Lady Charlotte."

Sie hob ihre Nase in die Luft, was ihn beinahe laut loslachen ließ.

„Ich bin die Tochter von Herzog Ernst Woodridge, Euer Gnaden. Eure männliche Kraft wird mich nicht einschüchtern und ich lasse mir auch nicht drohen."

„Ach wirklich?", fragte er mit hochgezogener Augenbraue und tat so, als ob er sie fallen lassen würde, fing sie aber sofort wieder auf. Ihr blieb vor Schreck fast das Herz stehen.

Hendrick trug sie zurück zum Pavillon und stellte sie mit einem Grinsen auf dem Boden ab. Er hob sachte ihr Kinn und blickte in ihre Augen.

„Wirst du wenigstens in Erwägung ziehen, jetzt meine Frage zu beantworten?"

„Ja."

„Ist das ein Ja als Antwort zu meiner Frage oder dass du es in Erwägung ziehst?"

Charlotte strahlte ihn mit einem Lächeln an, das sein Herz höher schlagen ließ. „Beides."

„Habe ich dir heute schon gesagt, dass ich dich liebe?", fragte Hendrick bevor er seine Lippen wieder auf die ihren drückte. Als er den Kopf zurücknahm, waren ihre Wangen gerötet, aber ihre Augen leuchteten. Er war ihrem Gesicht immer noch sehr nahe.

„Wirst du mich heiraten? Wirst du den Rest deines Lebens mit mir verbringen, Charlotte?"

„Ja. Mit ganzem Herzen, ja." Sie legte ihre Arme um seinen Hals und zog seinen Kopf dichter heran. Seine Lippen fanden ihre und er küsste sie mit zärtlicher Leidenschaft, die sie kurz darauf mit der gleichen Zärtlichkeit erwiderte. Seine Arme umfassten sie und er hielt sie dicht an sich gedrückt.

Nach einer Weile verlangsamte sich sein Kuss und die Schmetterlinge in ihrem Bauch schlugen vor Glück Purzelbäume. Weihnachten hatte schon gut angefangen.

„Sollen wir mal nach unseren zwei Turteltauben sehen?", fragte Theodor mit einem Grinsen auf dem Gesicht. „Sie sind da draußen ganz alleine."

„Ich werde sie finden." Ernst Woodridge nickte dem Großherzog zu.

„Bist du sicher, dass du nach ihnen suchen solltest? Vielleicht versuchen die beiden noch, ihre Probleme zu lösen." Johanna blickte ihren Mann besorgt an, aber er grinste nur.

VEREINTE HERZEN ZU WEIHNACHTEN

„Ich bin mir ziemlich sicher, dass sie sich mittlerweile angenehmeren Aktivitäten zugewandt haben", erwiderte er spitzbübisch und die anderen Männer im Raum schmunzelten.

„Ich denke, wir werden heute noch ihre Verlobung feiern." Er zwinkerte seiner Frau zu und verschwand nach draußen, um seine Tochter und den jungen Herzog zu suchen.

Johanna seufzte glücklich. Es war schön zu sehen, wie seine alte humorvolle Seite wieder herauskam.

Ernst hatte im Gefühl, dass er das Paar unter dem Pavillon finden würde.

Er schlich sich näher heran und fand sie genauso, wie er gedacht hatte. Grinsend zog er sich zurück und rief nach den beiden.

Charlotte zog ihren Kopf zurück, sobald sie die Stimme ihres Vaters vernahm und seufzte.

„Papa kommt und das bedeutet leider, dass unsere Zeit alleine zum Ende gekommen ist. Aber dies wäre ein guter Zeitpunkt, mit meinem Vater über uns zu reden."

Hendrick grinste. „Das Gespräch hat bereits stattgefunden. Dein Vater kam heute Morgen zum Schloss und gab uns seine Erlaubnis und seinen Segen. Wir können heiraten, wann immer wir wollen."

„Das ist gut zu wissen. Wir sollten bald ein Datum festlegen."

„Denkst du, dass morgen zu früh ist?"

„Hendrick", rügte sie ihn und er lachte kurz auf, bevor er ihre Hand drückte. Das war der Moment, wo Ernst Woodridge um die Ecke kam.

„Da seid ihr ja. Wir haben uns schon gesorgt."

„Wir waren genau hier, Papa. Warum solltest du dich sorgen?", fragte Charlotte unschuldig. Sie sah nicht das spitzbübische Funkeln in den Augen ihres Vaters.

„Deine Mutter machte sich Gedanken, dass ihr vielleicht noch keinen Frieden geschlossen habt. Ich habe mir allerdings Sorgen gemacht, dass ich etwas Intimeres unterbrechen würde." Er gab seiner Tochter einen strengen väterlichen Blick, der sie sogleich erröten ließ. Er beobachtete sie eine Weile, bevor er und Hendrick gleichzeitig loslachten.

„Sehr witzig, Papa." Sie hatte nun ebenfalls ein Lächeln auf den Lippen, aber die Farbe ihrer Wangen war doch noch verdächtig rot.

Herzog Woodridge trat näher und klopfte seinem zukünftigen Schwiegersohn freundlich auf den Rücken. „Habt ihr euch einigen können?"

Charlotte nickte und ihre Augen funkelten vor Glück. Ernst zog sie fest in seine Arme und drückte sie an sich.

„Ich freue mich für dich, Charlotte. Du verdienst dieses Glück."

Kapitel 10

Charlotte konnte nicht aufhören, zu lächeln. Ihre Welt hatte sich auf den Kopf gestellt, aber kurz danach wieder umgedreht. Weihnachten war wirklich eine Zeit für Wunder und niemand würde sie vom Gegenteil überzeugen können.

Den Mann ihrer Träume an ihrer Seite zu wissen, war das beste Gefühl in der Welt. Ihr Vater und sie würden sich wieder näher kommen. Ihr wurde bewusst, wie sehr sie den Humor ihres Vaters vermisst hatte.

Heiligabend war ein Abend der Dankbarkeit. Charlottes Herz sprudelte über. Ihr zukünftiger Schwiegergroßvater hatte sich einen Platz auf einem Podest in ihrem Herzen erarbeitet.

Er hatte ihr versprochen, alles in seiner Macht Stehende zu tun, um die schreckliche Tragödie abzufangen und in eine Segnung zu verwandeln, und genau das hatte er getan. Sie liebte ihn mittlerweile mehr, als sie sagen konnte.

Die Worthingtons hatten die gesamte Gesellschaft für den Weihnachtstag zu ihrem Schloss eingeladen, damit sie Weihnachten zusammmen verbringen konnten.

Charlotte fühlte sich wie im Himmel. Jeden Tag, den sie mit ihrem stattlichen Verlobten verbringen konnte, war ein guter Tag und der junge Mann sah es genauso.

Während sie das Weihnachtsessen genossen, fragten Ernst Woodridge und Theodor Worthington das junge Paar über ihre Hochzeitspläne aus. Die anwesenden Damen, sowie Graf Blackwood, verfolgten das Ganze mit einem amüsierten Schmunzeln.

„Welches Datum sollten wir für eure Hochzeit festlegen? Irgendwann im Frühling?" Ernst blickte seine Tochter ernsthaft an.

„Du möchtest, dass wir mit der Hochzeit mehrere Monate warten?"

„Zu meiner Zeit war es üblich für ein Jahr verlobt zu sein und um ehrlich zu sein, sollten wir dieser Tradition folgen", warf Theodor mit ernster Miene dazwischen. Charlotte verschluckte sich fast und Hendrick zog eine Augenbraue hoch.

„Seit wann hast du so viel Interesse an Tradition, Großvater? Ich denke, es ist gut, dass sich die Zeiten geändert haben und warum sollen wir überhaupt warten? Ich kann den Pastor sofort rufen lassen und er kann uns noch heute vermählen. Was denkst du darüber, meine Liebe? Wärst du damit einverstanden, Charlotte?"

Dieses Mal blieb Charlotte der Bissen im Hals stecken und sie verschluckte sich fürchterlich. Die drei Männer grinsten. Eleanore Worthington schüttelte nur mit dem Kopf.

„Ihr seid furchtbar. Das arme Mädchen wird noch ersticken, bis ihr aufhört, sie zu necken."

Ernst und Theodor nickten sich zu. „Wir denken nicht, dass ihr mehrere Monate warten sollt, bis ihr heiratet. Ihr hattet so eine Wirbelwind-Romanze, dass ihr es auch ruhig mit einer kurzen Verlobung beenden solltet. Ich denke, heute wäre doch etwas sehr schnell für eine Vermählung, aber was haltet ihr von Neujahr? Ich glaube, es gibt keinen besseren Jahresanfang, als ihn mit lebensverändernden Gelübden zu beginnen." Ernst lächelte seiner Tochter zu.

Charlotte sah erst ihren Vater, dann den Großherzog an, aber die beiden Männer meinten es dieses Mal ernst. Sie suchte Augenkontakt mit ihrem Verlobten, aber auch Hendrick war mit dem Plan einverstanden.

„Aber was wird mit Charles und Louisa? Sollten mein Bruder und meine Schwester nicht an der Hochzeit teilnehmen?"

„Louisa und Charles werden es verstehen. Ich wünschte, wir könnten sie so schnell zu uns holen, aber selbst wenn wir heute noch einen Brief mit einem Eilboten nach London schicken würden, würde es dennoch sehr knapp, für die beiden werden, rechtzeitig anzukommen. Louisa erwartet außerdem ein Kind und lange Reisen, besonders unter Zeitdruck, wären wahrscheinlich zu anstrengend für sie."

Obwohl Charlotte verstand, warum ihre Geschwister zu ihrer Hochzeit nicht anreisen konnten, machte es sie doch ein wenig traurig. Sie hätte ihren Bruder und ihre Schwester gerne dabei gehabt, aber selbstverständlich wollte sie nicht bis zum Frühling warten müssen, um diesen wundervollen Mann neben sich zu heiraten.

Nachdem Großherzog Worthington die Tafel aufgehoben hatte, beschlossen die älteren Erwachsenen, Karten zu spielen. Hendrick fragte seine zukünftige Braut, ob sie ihn auf einen Spaziergang begleiten würde.

Als sie den wunderschönen Teich des Anwesens erreicht hatten, zog Hendrick die junge Frau in seine Arme und küsste sie mit einer liebevollen Leidenschaft, die ihr Herz höher schlagen ließ. Nach einer Weile gab er sie wieder frei und sie blickte zu ihm auf; ein strahlendes Lächeln auf den Lippen.

„Hättest du gedacht, dass dieses Weihnachten so schön werden würde?"

„Bis auf den Vorfall auf unserem Ball, war alles wundervoll, seit ich dich getroffen habe. Es ist wirklich schade, dass ich Arthur und Jasper nicht danken kann, wo sie doch dafür gesorgt haben, dass wir einander kennenlernen konnten."

Charlotte blickte ihren Verlobten an, als ob er seinen Verstand verloren hatte. „Arthur und Jasper?"

Hendrick nickte, die Ernsthaftigkeit in seinen Augen änderte sich nicht und er verzog keine Miene.

„Ja. Ich hätte mich wirklich gerne bei den beiden bedankt, aber leider sind sie seitdem von uns gegangen."

„Das ist furchtbar", entfuhr es Charlotte, bevor es bei ihr klickte. „Wie könnt Ihr es wagen, mich so zu necken, Lord Worthington?" Sie blickte ihn schief von der Seite an und er lachte laut los.

„Du musst schon zugeben, dass das sehr clever von mir war. Es war offenbar gut, dass ich ihnen gleich zu Anfang unserer Bekanntschaft Namen gegeben habe. Man gut, dass die Jagd, für die beiden so tragisch geendet hat, sonst hätten wir jetzt kein Schwein gehabt." Er grinste über seinen eigenen albernen Humor.

„Oh, Hendrick, deine letzte Bemerkung war doch etwas traurig. Du lässt nach. Aber um meinen guten Willen zu zeigen: ein Toast auf die armen Schweine. Mögen sie für immer in Frieden ruhen und möge ihnen bewusst sein, dass ihr Tod etwas Gutes vollbracht hat."

Charlotte blitzte den jungen Mann spitzbübisch an und die beiden fingen gleichzeitig anzulachen. Hendrick zog sie zurück in seine Arme.

„Ich bin beeindruckt, Lady Charlotte. Dein Sinn für Humor ist genauso albern und fast so schwarz wie meiner."

„Gewöhne dich nicht dran. Ich verstehe, dass die Jagd zum Leben gehört und dafür sorgt, dass ein gewisses Gleichgewicht in unseren Wäldern und Feldern herrscht, aber trotzdem sind mir die Tiere lebend lieber ... auch wenn sie gut schmecken."

„Ich verspreche, solchen Unfug nur ganz selten von mir zu geben."

Er zwinkerte ihr zu, bevor er fortfuhr. „Ich kann es kaum noch erwarten, dich zu heiraten. Seit dem Tod meines Vaters war mein Leben doch sehr düster und schwermütig, aber du hast bereits so viel Glück und Freude verbreitet, dass ich mir ein Leben ohne dich einfach nicht mehr vorstellen kann. Ich liebe dich, Charlotte Woodridge."

„Ich liebe dich mehr", erwiderte sie. Er nahm ihren Kopf in seine Hände und presste seine Lippen auf ihren Mund. Sie seufzte vor Glück.

„Frohe Weihnachten, Charlotte."

„Frohe Weihnachten, Hendrick."

Die nächsten paar Tage verflogen nur so. Die beiden Haushalte waren damit beschäftigt, sich auf die große Hochzeit vorzubereiten. Hendrick und Charlotte sollten in der Kirche getraut werden und der Empfang würde dann im Schloss der Worthingtons stattfinden.

Die Hochzeitsreise würde das Paar dann für einige Tage nach Schottland führen. Für die Hochzeitsnacht ließ Hendrick einen Raum in einer kleinen Herberge reservieren. Die Herberge lag auf dem Weg und der junge Mann kannte die Besitzer gut.

Die Herberge war dafür bekannt, besonders schöne und romantische Schlafkammern zu haben und wurde deswegen oft von frisch Vermählten aufgesucht. Innerhalb kürzester Zeit erhielt Hendrick die Antwort, dass ein Zimmer für die beiden bereitstand.

Charlotte war eine sehr nervöse Braut und Hendrick tat alles in seiner Macht Stehende, um sie abzulenken und zum Lachen zu bringen. Als der Tag der Hochzeit näher kam, fühlte sich die junge Frau wieder ein wenig niedergeschlagen, da sie ihre Geschwister vermisste. Sie hatte immer davon geträumt, die beiden bei ihrer Hochzeit dabei zu haben und dass ihre Schwester eine Brautjungfer sein würde, aber das Leben verlief nicht immer so, wie man es wollte.

Am Nachmittag vor dem Neujahrsabend machten Hendrick und Charlotte zusammen einen Ausritt. Als sie zurückkehrten, bemerkten sie vor dem Haus der Großeltern eine Kutsche.

Hendrick hatte Charlotte gerade aus dem Sattel gehoben, als sich die Stalltür öffnete und Charles und Louisa in das Gebäude traten.

Die junge Braut hielt für einen Augenblick den Atem an, bevor ein begeistertes Kreischen ihrer Lippen entwich. Sie lief auf ihre

Geschwister zu und umarmte sie gleichzeitig. Hendrick lachte und das taten auch alle anderen, die in der Nähe waren.

Nachdem Charlotte den runden Bauch ihrer Schwester lange genug bewundert hatte, zog Charles seine kleine Schwester fest in die Arme.

„Ich kann es nicht fassen, dass du heiratest und dann auch noch so schnell." Er zwinkerte ihr zu.

„Was macht ihr hier? Woher wusstet ihr von unserer Hochzeit?"

„Wir wussten nichts davon", mischte sich nun Louisa in das Gespräch mit ein. „Papa hatte uns gebeten, zum Jahreswechsel zu den Großeltern zu kommen, da wir alle vermuteten, die Verlobung zu einem anderen Herren zu feiern."

Der Gedanke an William Worthington ließ Charlotte kurz zusammen zucken und erschaudern. Ihre Schwester kam dichter an ihr Ohr.

„Aber ich bin froh, dass du jemanden gefunden hast, der viel besser zu dir passt. Er sieht auch erstaunlich gut aus. Gut gemacht, Charlotte."

„Ist dein Ehemann auch hier?"

„Ja. John lässt mich nirgends mehr alleine hin. Er ist so ein reizender werdender Vater und immer um mein Wohlergehen besorgt."

„Und deine Frau, Charles?"

„Elsa konnte sich uns leider nicht anschließen. Wie du weißt, erwartet sie ebenfalls ein Kind und ist schon etwas weiter als Louisa, aber sie bestand darauf das ich gehe. Sie hat mindestens noch zwei Monate bis unser Kind geboren werden soll und somit sollte ich keine Probleme haben rechtzeitig zurück zu sein."

„Ich freue mich so sehr, dass ihr zwei hier seid. Jetzt ist mein Glück komplett. Es wäre ohne euch nicht dasselbe gewesen. Ihr habt mich überrascht, aber ich bin so dankbar."

„Wir haben dich überrascht?" Charles lachte kurz auf. „Versetz dich mal in unsere Schuhe. Wir kommen hier nach einer langen Reise an und erfahren, dass du mit einem jungen Mann verlobt bist, den wir noch nie getroffen haben, dich vor ein paar Tagen erst verlobt hast und übermorgen heiraten wirst."

„Für Überraschungen ist immer Platz", erwiderte Charlotte mit einem schelmischen Grinsen und umarmte ihre Geschwister noch einmal.

Der große Tag war gekommen. Eliza war gerade dabei, Charlotte anzukleiden und für die Hochzeit fertig zu machen, als es an der Tür klopfte und die Damen der beiden Familien ins Zimmer traten. Johanna gab ihrer Tochter ein strahlendes Lächeln.

„Es ist Tradition, die Braut zusammen herzurichten. Hast du schon darüber nachgedacht, was für ein Kleid du tragen wirst? Verzeih, dass wir kein Hochzeitskleid für dich kaufen konnten."

„Oh, du brauchst dich nicht schlecht fühlen, Mama. Mein Ballkleid ist vollkommen ausreichend. Das Kleid hat sowieso nicht die Aufmerksamkeit bekommen, die es verdient hatte und somit kriegt es eine zweite Chance."

Die Herzogin nickte Eliza zu und die junge Frau öffnete den Schrank. Ein einfaches, aber wunderschönes Brautkleid hing darin. Charlotte blieb der Mund offen stehen.

„Wo kommt denn das Kleid her?"

VEREINTE HERZEN ZU WEIHNACHTEN

„Das war mein Hochzeitskleid. Deine Großmutter hat es all die Jahre hierbehalten. Deine Schwester wollte mein Kleid damals nicht und somit blieb es weiterhin hier. Eliza und ich haben es hergerichtet und es sollte dir dadurch perfekt passen."

Charlotte sah atemberaubend aus. Die anwesenden Damen hatten alle Tränen in den Augen. Eliza steckte der jungen Braut noch die Haare hoch, bevor Henriette Blackwood näher trat.

„Hier ist etwas Neues. Dein Großvater und ich haben es diese Woche in der Stadt gekauft."

Die Gräfin überreichte ihrer Enkeltochter eine wunderschöne Perlenkette.

Diese passte hervorragend zum Kleid.

„Danke, Großmama." Charlotte gab der alten Frau einen Kuss auf die Wange.

„... und etwas Geliehenes", sagte nun Faith und überreichte Eliza einen Schleier, den sie sogleich im Haar der hübschen Braut feststeckte.

„Ich habe das bei meiner eigenen Hochzeit getragen und würde es gerne zurück haben." Sie zwinkerte Charlotte zu und umarmte ihre zukünftige Schwägerin, bevor sie die aufsteigenden Tränen hinunterschlucken konnte. „Willkommen in der Familie. Ich wollte immer eine Schwester haben und nun wird dieser Wunsch Wirklichkeit. Hendrick hat sich nicht nur seinen Traum erfüllt, sondern auch meinen."

„Zum Schluss noch etwas Blaues." Eleanore Worthington gab Charlotte einen Blumenstrauß, in den blaue Blumen gebunden waren. „Ich danke Gott jeden Tag, dass er dich in unser Leben gebracht hat, aber besonders in Hendricks Leben." Die Großherzogin umarmte ihre zukünftige Schwiegerenkeltochter und jetzt musste auch Charlotte mit den Tränen kämpfen. Sie war unsagbar dankbar und fühlte sich gesegnet.

Die Kirche war bis zum Bersten gefüllt. Freunde und Verwandte hatten keine Mühe und lange Fahrten gescheut, um diesem Ereignis beizuwohnen. Sämtliche Augen waren auf das hübsche Paar am Altar gerichtet. Sogar William war gekommen, um seinen Neffen und, schon sehr bald, Schwiegernichte zu feiern. Wegen der Umstände fühlte er sich etwas fehl am Platze, freute sich aber ehrlich für die beiden.

„Liebes Brautpaar, wir haben uns hier versammelt, um in der Anwesenheit von Gott einen Bund fürs Leben zu schließen, ..."

Charlotte stiegen Tränen in die Augen, als sie den Pfarrer diese Worte sagen hörte. Es war kein Traum, sondern Wirklichkeit. Sie spürte Hendricks Augen auf sich und die Liebe, die er für sie hatte. Ihr Herz war bereit vor Glück zu zerspringen und sie schluckte tapfer, um nicht in Schluchzen auszubrechen.

Hendrick nahm ihre Hand in seine und wiederholte die Worte, die der Pastor ihm vorgesagt hatte, während er seiner Braut einen zierlichen Ring auf den Finger schob.

„Mit diesem Ring heirate ich dich, mit meinem Körper verehre ich dich und mit meinen weltlichen Gütern beschenke ich dich ...."

Der Pastor kam zum Ende seiner Ausführungen und Charlotte hatte wieder Mühe gegen die aufsteigenden Tränen anzukämpfen.

„Ich erkläre euch hiermit zu Ehemann und Ehefrau. Herzog Worthington, Ihr dürft Eure Braut jetzt küssen."

VEREINTE HERZEN ZU WEIHNACHTEN

Hendrick zog Charlotte in seine Arme und presste einen zärtlichen Kuss auf ihre Lippen. Das Lächeln, das die beiden daraufhin teilten, war ansteckend und verbreitete sich in der ganzen Kirche. Keiner der Gäste konnte sich diesem Lächeln entziehen.

Sie feierten die frisch Vermählten bis zum frühen Nachmittag, aber dann war es Zeit für Hendrick und Charlotte aufzubrechen. Das Paar küsste und umarmte ihre Lieben, bevor der junge Mann seiner Braut in die Kutsche half. Sie winkten noch eine Weile bis keiner mehr zu sehen war.

Hendrick zog seine Frau so dicht zu sich heran, dass ihr das Herz stehen blieb, bevor er sie fest in seine Arme nahm und leidenschaftlich küsste. Als er sie losließ, kuschelte sie sich in seine muskulösen Arme. Ein zufriedener Seufzer entwich ihren Lippen.

„Ist mit dir alles in Ordnung?" Hendrick sah sie besorgt an, doch sie lächelte ihm zu und gab ihm einen Kuss auf die Wange.

„Ich bin glücklich. Gott war so gut zu uns. Die Weihnachtszeit war emotionell und überwältigend, aber die Schwierigkeiten haben uns stärker gemacht und das Ergebnis war es wert. Ich habe gelernt, Gott zu vertrauen, dass er mich liebt und auf mich aufpasst, auch wenn es manchmal nicht danach aussieht. Ich kann mir nicht vorstellen, dass wir jemals wieder ein so schönes Weihnachtsfest haben, geschweige denn ein neues Jahr so glücklich beginnen werden."

„Ich weiß nicht", flüsterte Hendrick in ihr Ohr, während er seine Arme um sie schlang. „Vielleicht erwarten wir zum nächsten Weihnachtsfest ein Kind."

Charlottes Wangen fingen sofort Feuer und die Wärme ging ihr durch den ganzen Körper. Herzog Worthington grinste sie frech an, bevor sich seine Lippen wieder auf die ihren pressten. Seine Augen waren so voller Liebe, dass sie ihre Tränen nicht länger zurückhalten konnte.

Mit diesem Mann an ihrer Seite würde ihr Leben voller Abenteuer, Leidenschaft und Glück sein. Es würde nicht immer leicht sein, aber nichts war unmöglich, solange sie es als Ehepaar taten; Seite an Seite, mit festem Vertrauen in Gott. Wahre Liebe konnte alles überwinden.

Ende

Did you love *Vereinte Herzen zu Weihnachten*? Then you should read *Weihnachtliche Küsse*[1] by Rebecca Lange!

[2]

Lady Ophelia Winter ist eigentlich ganz zufrieden mit ihrem Leben, bis auf die Tatsache, dass sie ihren Namen nicht mag und jeden möglichen Verehrer, der ihr vorgestellt wird, zurückweist. Ihr Vater weiß nicht, wie er mit seiner eigensinnigen Tochter umgehen soll, aber Lord Winter, der Viscount von Hethersett, ist dennoch entschlossen, eine gute Partie für sie zu finden. Als Ophelia einen an ihren Vater adressierten Brief findet und liest, entdeckt sie eine schockierende Wahrheit über sich selbst, ihr Erbe und ihr Leben, die sie nicht erwartet hat.

---

1. https://books2read.com/u/b5R5lk

2. https://books2read.com/u/b5R5lk

Obwohl es ihr schwerfällt, lernt sie, ihre neue Realität zu akzeptieren. Eine Zeit lang scheint alles gut zu laufen, bis sie mit einigen der jungen Damen der feinen Gesellschaft wegen Lord Garrett Haywood, dem Herzog von Ashford, aneinander gerät. Der junge Mann verwirrt sie. Einerseits scheint er ein arroganter und selbstverliebter Aristokrat zu sein, der fast mit einer anderen verlobt ist, andererseits ist ihr Herz schon kurz nach der ersten Begegnung mit ihm hoffnungslos verloren. Als die junge Frau zum zweiten Mal ein Dienstmädchen vor ihrem Arbeitgeber beschützt und Zeuge eines Gesprächs wird, das nicht für ihre Ohren bestimmt ist, ahnt sie nicht, dass sie eine Reihe dunkler Geheimnisse aufdecken wird, die gleich mehrere Familien betreffen.

Read more at https://rebecca-lange.mailchimpsites.com.

About the Author

Rebecca ist die Mama von zwei Söhnen (17 und 19 Jahre alt), ist seit über 20 Jahren mit ihrem Ehemann verheiratet und lebt zurzeit in Utah. Sie ist in Deutschland geboren und aufgewachsen, dann aber in die USA ausgewandert, nachdem sie ihren Ehemann auf einer Hochzeit in Schottland kennengelernt hat.

Sie ist ein Mitglied der Kirche Jesus Christus der Heiligen der letzten Tage und liebt ihren himmlischen Vater und Erlöser Jesus Christus.

Sie spricht fließend Deutsch und Englisch und hat sich selber herausgefordert, indem sie bewusst entschied, ihre Bücher erst einmal in Englisch zu schreiben, anstatt in ihrer Muttersprache. Aber das soll sich nun ändern.

Sie hat sich mit einer erfolgreichen Autorin aus Irland zusammengetan, die Rebeccas Bücher jetzt ins Deutsche, Italienische und Spanische übersetzen lässt.

Zurzeit arbeitet Rebecca an einem spannenden Western, der zuerst in Deutsch erhältlich sein wird.